Roger Dom

Un tuteur embarrassé

Roman

ISBN : 978-3-98881-810-2

10 9 8 7 6 5 4 3 2 1

Roger Dombre

Un tuteur embarrassé

Roman

Table de Matières

Chapitre I

J'étais morte.

Positivement et littéralement morte.

La preuve, c'est que tante Germaine se mouchait avec bruit ; or, elle ne se mouche que quand elle pleure, elle ne pleure que devant le trépas ; tante Bertrande, elle, récitait des prières funèbres d'une voix entrecoupée de sanglots, et mon oncle Valère s'écriait en gémissant :

« Ma pauvre petite pupille ! Elle m'a fait enrager bien souvent, mais je la regrette quand même ; et puis, s'en aller ainsi, à quinze ans, c'est trop tôt. »

Quant à moi, j'ai honte de l'avouer... j'avais envie de rire.

Pourtant, je me disais :

« Il paraît bien que je suis morte, puisqu'on me pleure et me regrette ; mais alors, où donc est le bon Dieu ?... Pourquoi ce jugement annoncé de mon vivant ne commence-t-il pas ? »

J'avais beau me répéter :

« Je ne suis plus qu'une âme ; mon corps, ce petit corps mince, jadis si remuant d'Odette d'Héristel est maintenant immobile sur mon lit froid... » Je ne pouvais me faire à l'idée que j'avais quitté la terre.

Comment cela m'avait-il pris, de mourir ? Je me le rappelais assez bien ; j'étais occupée à trier de la musique tout contre le piano, avec Robert qui chantonnait les premières mesures des morceaux en les prenant de mes mains.

Tout à coup, il me dit :

– Tu es pâle, Odette, est-ce que tu souffres ?

– Pas du tout, répliquai-je. Quelle idée ! Je ne me suis jamais mieux portée.

Mais aussitôt, je sentis un grand trouble en moi ; un malaise indéfinissable, comme celui qui précède la syncope.

Cela ne me faisait pas précisément mal, seulement un froid me gagnait les veines, en commençant par les extrémités ; tout tournait sous mes yeux, et mes jambes devenaient molles.

Roger Dombre

J'entendis Robert qui s'écriait, plein d'angoisse :

« Mon Dieu !... Odette se trouve mal. »

Et je le sentis qui me prenait dans ses bras, ses grands bras robustes où je me savais en sûreté.

Ensuite, il y a comme un voile sur mes souvenirs. J'ai dû demeurer évanouie tout à fait, quelque temps ; la faculté d'entendre m'est revenue je ne sais trop quand, mais non celle de parler ; ni de me mouvoir.

La voix de notre docteur, M. Mérentier, frappa mon oreille, au milieu des exclamations de mes tantes.

– C'est une embolie, prononçait avec ampleur cet homme célèbre dont je me suis souvent moquée, de mon vivant. La mort a dû être instantanée, ce qui a évité à la chère enfant de grandes souffrances ; mais ce cas est assez rare dans un âge aussi tendre.

« En effet, pensai-je, prête à pleurer sur moi-même, je m'en vais à la fleur de mon printemps ; c'est peut-être très poétique, mais la vie ne m'ennuyait pas encore et je n'aurais pas été fâchée d'en jouir quelques années de plus. »

« Pourvu qu'on ne m'enterre pas trop vite ! me dis-je aussi ; car enfin, je dois être morte, puisque tous l'affirment, mais moi, je n'en suis pas très sûre. »

Quelque chose en moi protestait contre cette affirmation.

Je n'avais pas eu d'agonie, d'abord, et cela me paraissait trop beau de m'en aller si doucement dans l'autre monde ; « en gondole » dirait Gui.

Ensuite, j'appartenais encore trop à la terre, puisque j'entendais ceux qui me parlaient ; enfin, je n'étais pas jugée.

Non que le jugement me fît grand-peur...

Mon Dieu ! je n'avais pas péché... gravement, sinon souventes fois.

Je m'examinais comme lorsque j'allais à confesse, très grave, avec, de temps à autre, une petite envie de rire au souvenir de certaines fredaines.

Mais, j'avais confiance en la miséricorde divine ; pour me donner du courage, je me comparais mentalement à tous les grands scélérats connus : Ravachol, Néron, Balthazar, Cartouche,

Troppmann, Vacher, Domitien, Marat et Robespierre.

Tout ce monde-là formait dans ma pauvre tête une salade plutôt... rassurante.

« Seulement, pensai-je, ces gens ont sans doute des circonstances atténuantes à leur appoint ; les uns ont reçu une éducation cynique ou pas du tout d'éducation ; les autres ont été entraînés par de mauvais exemples, par des tempéraments exceptionnels, par l'hérédité.

Moi, quelles excuses puis-je invoquer ? Élevée, choyée, gâtée par de bons parents que j'ai perdus trop tôt, j'ai été remise aux mains de mon oncle Samozane, la crème des tuteurs, homme absolument inoffensif, tout livré à l'innocente manie de la phrénologie, et qui me laisse à peu près faire ce que je veux et ne me gronde presque jamais.

Et pourtant !... il y aurait tant lieu de me gronder ! J'aime moins sa femme, tante Germaine, qui se croit obligée de m'abreuver de nombreux sermons et dont l'esprit est quelque peu étroit ; j'aime encore moins sa sœur, tante Bertrande, qui possède, amplifiés, les mêmes travers.

Je tyrannise tant que je peux leurs filles et nièces, mes cousines Blanche et Jeanne.

Quant à mon cousin Robert, je n'ai rien à dire sur lui ; c'est la perfection de la perfection, et si jamais il m'exaspère, c'est justement parce que je ne peux pas lui trouver un travers, un défaut.

Son frère cadet, Gui ou Guillaume (que je me plais à appeler Guimauve à cause de la couleur violette de ses yeux), est un si bon garçon, si fou, si amusant, que je regrettais de quitter ce monde rien qu'à cause de lui.

Mais revenons à ma mort.

Toujours, j'entendais la voix de mes tantes, murmurer, gémissantes :

« Du fond de l'abîme, j'ai crié vers vous, Seigneur, Seigneur !... »

Je ne voyais toujours rien surgir devant moi ; devant mon âme, devrais-je dire.

« Le bon Dieu finira bien par venir, pensai-je ; mon stage va être terminé et, après un court jugement, j'irai certainement en purgatoire. À moins qu'on ne m'ait oubliée, ou que saint Pierre ait tellement à faire ! »

« Et lux perpetua luceat eis... »

« Je dois être affreuse sur mon lit de mort », me disais-je encore.

Cette idée ne laissait pas que de m'inquiéter beaucoup ; que devaient penser tous ceux qui m'ont connue... gentille ? Il n'y a pas à poser pour la modestie : je sais bien que je ne fais pas peur... Oui, que devaient-ils penser ? Robert surtout, ce cher Robert dont les yeux profonds s'attachaient si souvent avec une indulgente affection, sur le minois rieur de cette folle d'Odette ?

On m'avait habillée, je le savais, toute de blanc, comme une fiancée ou une première communiante ; sans doute avec ma robe de crêpe de Chine que j'avais mise pour le bal blanc de Mme de Boutrilles et qui, au dire de mes cousins, m'allait si bien.

Bon ! voilà que j'avais des pensées de vanité jusque par-delà la tombe !

Il y avait un va et vient autour de mon lit funèbre ; des gens s'approchaient de moi, me baisant au front, s'apitoyant...

Puisque le bon Dieu tardait tant à me juger et que j'avais fait et refait mon examen de conscience, je pouvais bien m'amuser à écouter ce qu'on disait d'Odette d'Héristel, décédée tout fraîchement dans la seizième année de son âge.

Je me suis instruite très utilement. Mais, procédons par ordre.

L'oncle Valère, d'un ton triste :

« J'avais toujours dit que cette petite était en dehors du commun des mortels ; outre la bosse de l'excentricité, elle avait celle... »

Je ne pus savoir la suite, tante Germaine interrompant le tuteur :

« Que Dieu lui pardonne ses fautes, à la chère enfant, car elle a beaucoup péché ! Nous en a-t-elle fait des misères, la pauvre mignonne, avec ses idées saugrenues, depuis bientôt six ans qu'elle vit avec nous ! »

« Oui, a riposté tante Bertrande, mais elle va bien nous manquer, et la maison nous paraîtra fort triste ; elle l'égayait tellement ! Le jour où je sentirai mon rhumatisme, qui me le fera oublier en me racontant de drôles d'histoires ? »

Chapitre I

Avouez qu'ici le regret que j'inspirais était un tantinet égoïste.

Blanche étreignit mes mains froides et, sanglotant, ne put que répéter :

« Odette ! pauvre Odette ! »

Sa sœur Jeanne, que j'aime moins, se pencha sur moi et, dans un souffle moins désolé, prononça très bas :

« Cousinette, ta mort nous laisse riches ; je pourrai épouser M. de Grandflair... Merci. »

Ces paroles me rendaient rêveuse.

Au fait, j'étais riche. Riche et mineure, je n'avais pas écrit de testament : mes biens revenaient donc tout naturellement à mes parents les plus proches, les Samozane.

Est-ce que cela n'allait pas atténuer de beaucoup leur regret de me perdre ?

Bah ! Je m'en voulus pour cette idée injurieuse, déplacée, et je dressai de nouveau l'oreille.

Un grand fracas retentit dans ma chambre... mortuaire, et je devinai Gui, Guimauve, mon bon camarade, le complice accoutumé de mes fredaines.

« Que me dit-on ? Odette ! Morte ! C'est impossible ! Ce matin, quand je suis parti pour le collège, elle allait comme un charme.

« Eh ! oui, soupira tante Bertrande, mais cela est survenu subitement. Regarde-la, la pauvre chérie ; elle n'a pas souffert. Ne dirait-on pas qu'elle dort ?

« Absolument, répondit Gui dans un grand sanglot, et c'est à se demander si... Ah ! Nénette, je t'aimais bien va, en dépit de nos fréquentes disputes. Ah ! comme tu vas me manquer ! »

Puis, changeant soudain de ton, anxieux :

« Et Robert, comment supporte-t-il cela ? dit le grand fou en se mouchant bruyamment. Pauvre frère, le voilà veuf de sa petite fiancée ! »

Sa petite fiancée ?

Il me sembla que je bondissais ; où Gui prenait-il cela ?

Jamais il n'a été question d'avenir entre Robert et moi, et je crois que si ses parents et lui ont... avaient, plutôt, des vues sur ma personne, ils auraient pu m'en instruire.

Certes, j'aime bien Robert ; je l'admire même, comme un grand frère très aîné (il a dix ans de plus que moi) et très sérieux ; mais, il ne m'est jamais venu à l'idée...

Robert, au fait, comment n'était-il pas là à pleurer et à prier au pied de mon lit funèbre ?

L'oublieux ! L'indifférent !

Son absence m'offusqua et je lui en voulus beaucoup... Je lui en veux encore à l'heure qu'il est.

Ne manquait-il pas à tous ses devoirs ?

Mon oncle, lui, pouvait avoir affaire ailleurs ; mes tantes aussi, appelées au dehors par les amis à recevoir, les ordres à donner relativement à mes funérailles ; mais Jeanne et Blanche égrenaient leur chapelet auprès de moi et Gui ne quittait pas mon chevet où il se lamentait tout haut.

Que faisait donc Robert ?

Peu à peu, un grand silence se fit dans la pièce ; sans doute, on m'avait assez pleurée, on respirait un brin. Je profitai de ce répit pour réciter un psaume pour le repos de ma pauvre âme, m'étonnant toujours de demeurer entre ciel et terre sans m'arrêter nulle part, ni apercevoir l'ombre même d'un juge.

Soudain un pas, dans le lointain de la maison, fit gémir l'escalier.

Comme j'avais l'ouïe fine, alors !

– Voilà enfin Robert ! pensai-je.

Mais non, le pas se rapprochait, non léger et harmonieux, comme celui de mon cousin, mais lourd et inégal.

C'était Miss Hangora, bientôt suivie de son inséparable Mlle Dapremont que je ne puis souffrir.

En ce moment, toutefois, sur le point de paraître devant Dieu, j'essayai de l'aimer de tout mon cœur.

Ah ! bien oui ! vous allez voir si cela m'était facile !

Elles se répandirent d'abord, toutes les deux, en clameurs énervantes et en doléances sur la pauvre Odette :

« Une si charmante fille ! qui avait tant d'esprit ! des yeux si espiègles ! la réplique si vive ! »

Ici, également, les regrets manquaient de chaleur ; il me semble qu'on pouvait bien m'aimer et me pleurer pour des raisons plus sérieuses, pour au moins les quelques qualités morales que je me flatte de posséder.

Miss Hangora s'approcha de mon corps et déclara que j'étais « une délicieuse petite morte ; un peu pâlotte, voilà tout, et pas du tout effrayante. »

Au fond de moi-même, je lui sus gré de se montrer si expansive et de m'apprendre, sans le vouloir, que je ne faisais pas peur.

Puis, ces demoiselles s'assirent auprès de mes cousines et tentèrent de les consoler, ce qui ne fut pas difficile, avec des natures aussi superficielles que Blanche et Jeanne.

« Porterez-vous longtemps le deuil ? Le noir ira bien à votre teint, faisait remarquer Mlle Dapremont ; faites-vous fabriquer un toquet de soie noire par Crespin, Jeanne, car le crêpe ne se prend pas pour une cousine.

« Presque une sœur... murmura la voix dolente de ma cousine. »

« Oui ; mais on réserve le crêpe pour des parents plus proches ; autrement, ma chère, il n'y aurait plus de différence ; n'est-ce pas, Blanche ! »

Blanche acquiesça faiblement.

Tante Bertrande rentra, affairée, et exposa la manière par laquelle on comptait m'enterrer.

Je compris que l'on ferait bien les choses et que mon tuteur ne regardait pas à la dépense.

Des domestiques entrèrent aussi, apportant des fleurs.

Ma vieille bonne, Euphranie, était plongée dans la désolation ; ses larmes ruisselaient bruyamment et elle faisait toucher à mes mains inertes son chapelet de bois pour conserver, disait-elle, « une relique » de Mademoiselle. Tout comme si j'étais morte en odeur de sainteté.

Les jeunes filles profitèrent, pour quitter la chambre un instant, de l'arrivée de la brave servante qui voulait « me veiller » au moins une heure.

Pauvre vieille ! elle commença par prier, puis, s'assoupit, puis ronfla et ne s'éveilla que lorsque Gertrude vint s'asseoir à côté d'elle.

Roger Dombre

Alors, elles conversèrent.

Bien entendu, je fis le sujet de leur entretien.

« Si la pauvre mignonne avait vécu, disait le cordon-bleu de la famille Samozane, elle serait devenue la bru de son tuteur et la femme de M. Robert. »

Il y eut un silence. Euphranie reprit :

« C'est un beau parti qui échappe à M. Robert ; la petite mignonne aurait eu sept cent mille francs de dot. »

« Il doit être bien marri, M'sieur Robert.

« Y a de quoi, avouez-le. Nos maîtres n'ont pas de fortune, qu'il paraît, et la jeune famille ne sera pas d'un casement facile.

« À présent, tout est changé : nos demoiselles sont dotées, et quant à nos jeunes Messieurs...

« Monsieur Gui est un tantinet paresseux, mais si bon garçon, si amusant, qu'il trouvera facilement une femme pour s'épouser avec lui.

« Monsieur Robert, on ne sait que dire sur lui. Il arrivera à tout ce qu'il voudra ; mais c'est un artiste, un indépendant, comme ils disent, et il lui aurait fallu une petite demoiselle comme Mlle Odette pour lui apporter la fortune.

« Aussi, avait-il jeté son dévolu sur elle.

« Lui ou ses parents, on ne sait pas », conclut Euphranie à laquelle j'aurais volontiers arraché les yeux car elle m'arrachait, elle, mes illusions.

Ainsi, tout le monde me fiançait donc à ce Robert qui ne venait pas me pleurer, lui, et que j'avais eu la sottise de tant admirer, moi ?

C'était exaspérant, en vérité, et il me tardait de disparaître tout à fait de ce monde, dont je n'entrevoyais que trop, à présent, la cupidité et la petitesse.

« Tout à l'heure je m'en irai, pensai-je, et ce sera bien temps ; on me déposera entre quatre planches ; puis dans le caveau des Héristel, et... »

Mais un petit frisson me prit :

« Eh ! quoi ! demain, ou après-demain, au lieu de me réveiller le matin sous mes rideaux de soie pâle caressés par le soleil levant, entre des murailles tendues d'étoffes veloutées, dans une jolie chambre parfumée et riante, je me trouverai à plusieurs pieds sous terre au milieu d'une froide humidité !...

« Au lieu de ces bottes de fleurs qui embaument, j'aurai les parois rudes d'un cercueil !... »

Mon frisson s'accentua au point que je m'écriai, en moi-même :

« Mais, ai-je bien réellement trépassé ? »

Et aussitôt, dans ma mémoire flottante, s'éveilla l'histoire touchante de la fille de Jaïre :

« Cette enfant n'est point morte, elle n'est qu'endormie ! »

Grand Dieu ! si quelqu'un avait la bonne inspiration de prononcer cette parole.

Un médecin un peu intelligent !... Si Robert seulement daignait approcher de mon lit !... Lui qui voyait tout, devinait tout...

Si ma bonne Euphranie avait la charitable idée de me verser une carafe d'eau sur la tête, sûrement cela me remettrait !

Car, plus le temps s'écoulait, plus je me sentais revivre, sortir de la léthargie qui paralysait mes membres et enchaînait ma langue avec les battements de mon cœur.

Les deux servantes se rendormaient, sourdes à tout appel ; dans la chambre assombrie par l'approche de la nuit, flottait un bruit insaisissable, comme un frôlement de fantômes, dû, peut-être, au vacillement léger des flammes des cierges ou au souffle de la brise, à peine sensible, qui soulevait imperceptiblement les rideaux.

Mais, une intense frayeur me venait de ne pouvoir manifester jamais la vie qui se réveillait en moi.

Alors, qu'adviendrait-il ? On m'enterrerait vivante, et je ne serais pas la première victime d'une semblable erreur.

« Si seulement, on avait l'idée de me brûler la plante des pieds, pensai-je, ou celle de me tâter le pouls ; je suis sûre que mon cœur bat de nouveau !

Après tout, si laid que soit le monde, je ne suis pas fâchée d'y rentrer... Je comprends maintenant pourquoi je ne paraissais pas devant Dieu et pourquoi le jugement était si long à arriver.

J'ouvris les yeux et regardai autour de moi : le jour mourait

Roger Dombre

doucement ; dans la cheminée, plus de bûches, mais des cendres encore roses qui envoyaient un peu de chaleur dans l'appartement, malgré la fenêtre restée entrouverte.

Je souris à tout cela.

Le plus pressé, pour le moment, était de changer la position de ma pauvre tête véritablement ankylosée depuis tant d'heures qu'elle reposait, immobile, sur l'oreiller ; mais, sans aide, je ne pouvais encore me mouvoir.

– Euphranie ! Gertude ! prononçai-je, mais si bas, qu'un double ronflement sonore me répondit seul.

Je rassemblai mes forces et tentai de remuer ; un vertige allant jusqu'à la souffrance me cloua de nouveau sur mon lit.

L'impatience me prit : c'était bon signe.

« Où est mon mouchoir ? me demandai-je ; on l'a inondé d'eau de Cologne, et si je pouvais aspirer ce parfum, il me semble que cela me ferait du bien. Euphranie ! Gertrude ! vieilles sorcières ! ne voulez-vous me venir en aide ? »

Ma voix reprenait un peu de force ; mais, comment me faire entendre de ces deux commères que le bruit du canon ne pourrait même réveiller ?

« C'est bien, me dis-je, on se passera d'elles, et je vais leur jouer un bon tour. Quand elles rouvriront les yeux, la morte aura fui pour apparaître, telle que la statue du Commandeur, dans l'appartement où ma chère famille suppute peut-être ce que va lui rapporter mon trépas. »

Chapitre II

Si Mlle Odette d'Héristel, alors qu'elle était en léthargie, crise qui ne devait pas se renouveler pour elle, avait eu le don d'ubiquité, au lieu d'accuser son cousin Robert d'indifférence, elle aurait été touchée profondément de son chagrin.

Afin d'échapper à l'indiscrète curiosité des allants et des venants, il s'était réfugié dans sa chambre, dont l'ombre propice cachait l'atroce douleur qui bouleversait ses traits.

Odette, morte !

Était-ce possible ? l'enfant qu'il chérissait à l'égal de ses sœurs, plus peut-être ou, du moins, d'une façon différente ; le tyran si câlin parfois, si amusant d'autres fois, que l'on adorait quand même ?

Morte, comme cela, sans bruit, sans éclat, ainsi qu'un bébé qui s'endort ?

Et il ne la verrait plus ; tout à l'heure, on le mettrait dans le cercueil, ce charmant petit corps, si joli, si fin, que le trépas ne défigurait point ; et, peu à peu, le souvenir de sa grâce et de sa gentillesse s'effacerait de la maison.

Chez les Samozane, tous aimaient Odette, c'était vrai ; mais, seul, Robert comprenait cette délicieuse nature d'enfant gâtée et savait la faire plier.

Il souffrait cruellement ; il lui semblait que le soleil avait disparu de son horizon, et il s'étonnait lui-même que cette perte le torturât à ce point.

Car, qui connaissait, mieux que lui, la beauté de cette petite âme délicate et nerveuse, vite cabrée et si tendre, une fois soumise ?

À présent qu'elle n'était plus, il ne voulait se rappeler que sa tendresse, oubliant ses fautes et ses caprices passés.

Il eût donné tout ce qu'il possédait pour revoir cette jolie moue qu'elle mettait si souvent sur ses lèvres roses, promptes à la riposte et aussi à la bouderie ; pour l'entendre se fâcher et même trépigner un peu.

N'était-elle pas exquise jusque dans ses petites colères ? Certes, il y aurait eu quelques retouches à faire en cette jeune fille, afin qu'elle passât pour une beauté accomplie ; mais combien elle était gentille et douce à regarder, même sur son lit de mort, avec sa bouche close et les lignes pures de son fin visage !

Un certain vacarme qui se produisit dans la maison, fit tressaillir Robert.

– Mon Dieu ! pensa-t-il, en fronçant le sourcil, ne peuvent-ils donc respecter le dernier sommeil de notre pauvre chérie ? Qu'est-ce qu'ils peuvent avoir à s'agiter ainsi ?

Il n'eut pas le temps de s'en enquérir ; une main hésitante entrouvrait la porte, et un rire léger, discret, effleurait son oreille.

Roger Dombre

Ce rire ressemblait à celui d'Odette ; ce n'était pourtant pas le rire d'un spectre... Mais, était-ce la morte qui le produisait ?

Robert crut devenir fou, quand une petite voix, mal assurée, mais douce et fraîche, prononça près de lui :

– Je ne voudrais pas te faire peur, Robert, mais je viens te dire que... que je ne suis pas du tout morte. On s'est trompé : je dormais seulement.

Homme de sang-froid et d'intelligence prompte, Robert Samozane avait déjà compris.

Debout, très pâle, il tendait les bras à la jolie revenante qui s'y était blottie, contente de le revoir, contente de revivre, quoique un peu faible encore.

Une grande, une intense émotion faisait battre, à coups précipités, ce cœur contre lequel se pressait la ressuscitée ; et, tout bas, Robert remerciait Dieu qui lui rendait sa petite amie.

Soudain, Odette s'arracha des bras qui l'enserraient et, regardant son grand cousin avec une surprise nuancée de malice :

– Comme tu as l'air troublé !... Et tes yeux sont mouillés ! Toi, Robert, toi !...

– Dame ! on te croyait morte...

– Et l'on me pleurait ! Que c'est gentil ! J'en vaux donc la peine ! Si tu savais comme cela me fait plaisir !

– Pourquoi ?

– Si tu avais été mort, seulement pendant cinq ou six heures, tu saurais qu'on prend de l'expérience en cette... absence, et que cela vous vieillit.

– Pas physiquement, au moins, dit Robert en souriant ; tu as toujours ta gentille petite frimousse mutine.

– Ah ! oui, parlons-en : elle doit être jolie, ma tête... Mais, cela s'arrangera. Je vais te faire un aveu, Robert : je meurs de faim.

– On va te servir tout de suite, mignonne, répondit le jeune homme en entraînant la fillette vers la porte. Qu'il fera bon te regarder manger !

Puis il s'arrêta, pris d'inquiétude.

– Mais, à propos ; et les autres ?... Savent-ils ?

Chapitre II

– Ma résurrection ? Certainement, j'ai commencé par eux.

– Tu as dû leur faire une frayeur !...

– Un peu ; mais, je suis bonne et j'y ai mis des formes. Voilà : Euphranie et Gertrude ronflaient en me gardant avec vigilance... Si je n'avais eu que leurs prières pour le repos de mon âme, je risquerais fort de m'éterniser en purgatoire ; mais tu vois que les prières n'étaient pas nécessaires. Depuis quelques minutes, je me sentais des fourmillements dans les membres et je doutais de mon trépas ; puis, le ronflement des deux servantes m'agaçait. Ensuite, j'ai pu remuer un doigt, puis le bras, et surtout ma pauvre tête endolorie. Ça n'a pas été comme sur des roulettes, tu le penses.

– Ne plaisante pas, Odette.

– Tu aimes mieux me voir pleurer sur mon sort ? Que nenni ! Je ne suis pas fâchée d'être revenue parmi vous.

– Enfin, tu as secoué ou appelé les deux servantes ?

– Pas du tout ; elles dormaient trop bien. Je me suis levée... J'ai couru au salon où mes cousines discouraient encore avec Miss Hangora et Mlle Dapremont, au lieu d'écrire les adresses destinées aux billets de faire-part...

– Tais-toi, ne parle pas de cela !

– Pourquoi ? Ils serviront pour une autre fois, voilà tout, fit Odette avec sérénité.

Ces jeunes personnes parlaient de moi, et jamais je ne me suis autant félicitée d'avoir appris l'anglais, car, elles faisaient mon oraison funèbre dans la langue de Shakespeare...

– Et ton éloge, sans doute ?

– Pas absolument ; on prétendait que, « de mon vivant », j'étais souvent hargneuse. Est-ce vrai, cela, mon Robert ?

– Eh ! eh !... il y a du vrai.

– Mais ce n'était pas le moment de me bêcher, n'est-ce pas, pendant que mon cadavre gisait à deux pas de là ? Ne frissonne pas, Robert, ajouta la douce enfant en lui pressant la main avec force, puisque ce cadavre est revenu à la vie. Mais laisse-moi achever. Comme elles parlaient ainsi, j'entrai dans le salon, telle que tu me vois, avec cette robe blanche, et je dis tranquillement : – C'est cela, ne vous gênez pas, mes petits enfants ; cassez du sucre sur ma tête...

Roger Dombre

– Elles ne se sont pas évanouies de peur ou de saisissement ?

– Si ; pas toutes, du moins : Mlle Dapremont et Blanche ; les deux autres les ont secourues en m'invectivant.

– Pourquoi ?

– Dame ! Elles se figuraient que je leur avais offert une petite comédie, que je me moquais d'elles.

– Mais, tu les en as dissuadées ?

– Pas le moins du monde ; j'ai laissé Jeanne et Miss Hangora jouer du flacon sous le nez de leurs compagnes, et je suis allée trouver mon oncle.

– Qu'a dit ce cher père ?

– Lui, tu le sais, ne s'étonne jamais de rien. Il a mis son lorgnon, m'a regardée, écoutée, et a conclu : « Aussi, cela me surprenait trop de te voir mourir à quinze ans, quand les protubérances de ton crâne affirmaient... » Là-dessus, je me suis sauvée chez mes tantes. J'ai eu la délicatesse de me faire annoncer par Philibert que j'ai rencontré dans le corridor, et qui a fait force signes de croix à ma vue. En deux mots, je l'ai mis au courant de ma résurrection et, précédée par ce brave serviteur, j'ai pu faire une entrée correcte chez ta mère.

Souriant, mais encore un peu pâle, Robert Samozane écoutait la mignonne enfant conter son épopée.

– C'est pour le coup qu'on va m'accuser d'être excentrique et encombrante ! reprit Odette en secouant la tête ; et pourtant, avoue qu'il n'y a pas de ma faute, je ne pouvais prévoir ce qui est arrivé ; je n'ai rien fait pour provoquer cette léthargie.

– Non, chérie, j'étais là et tu m'as assez effrayé.

– D'autant plus que je n'ai pas coutume de m'évanouir comme une poule mouillée.

– Mais, tu mourais de faim, tout à l'heure, mignonne ? Viens à la salle à manger, ou chez toi ; on te servira...

– Non, non, pas chez moi. Mon lit me laisse de trop désagréables souvenirs ; j'ai besoin de remuer, de chanter, de voir des visages amis.

– Alors, suis-moi.

Chapitre II

Comme il disait ces mots, la porte s'ouvrit si violemment qu'Odette en fut heurtée, et Gui entra, très rouge, effaré mais joyeux.

– Que m'apprend-on ? Elle n'est pas morte ?

– Non, puisque la voilà. Tiens, embrasse-la, frère, répliqua gaiement Robert en poussant sa cousine vers le jeune homme.

Odette tendit sa joue qui reçut un baiser sonore.

Gui respira, soulagé.

– Ça fait du bien d'embrasser un si mignon revenant, s'écria-t-il, et j'aime mieux ça que de larmoyer sur lui comme tout à l'heure.

– Où donc étais-tu quand j'ai ressuscité ? demanda Mlle d'Héristel.

– À travailler pour toi, ma chère ; je commandais quelques couronnes mirifiques qu'il va falloir aller décommander.

– Ce qui fera faire la grimace aux fleuristes.

– Ça, je m'en moque ! En route, j'ai rencontré plusieurs personnes auxquelles, d'un air navré, tu le devines, j'ai appris le malheur.

– C'est très contrariant, cela, fit Odette, une moue aux lèvres ; je vais être obligée de présenter des excuses à tout ce monde-là... Aussi, pourquoi se pressait-on autant de m'enterrer ?

– Peu importe ce qu'on croira et dira, chérie, prononça Robert de sa voix chaude et grave ; l'essentiel est que tu nous sois rendue, et que tu te portes bien... Montre-moi ta frimousse.

Obéissante, Odette leva vers le jeune homme son joli visage pâli mais plein de vie ; puis, impatiente, elle s'écria :

– Eh bien ! quand tu m'auras assez regardée, tu m'enverras dîner, j'imagine. Faut-il te répéter que j'ai faim ?

– Tant mieux, mignonne ! l'appétit et ton impatience revenue sont d'heureux signes de santé.

Le bruit s'était promptement répandu dans la maison qu'habitait la famille Samozane, au deuxième étage, rue Spontini, que la jeune trépassée, prête à être enterrée, avait repris non seulement la vie, mais son entrain habituel.

Peu s'en fallut que l'appartement ne se vît assiéger par les curieux.

Mais, Mme Samozane consigna sa porte, et chacun en fut pour ses frais.

Roger Dombre

On envoya seulement des « petits bleus » au docteur et aux amis qui avaient été prévenus de l'accident, puis on retira la déclaration de décès qui avait été faite à la mairie.

– Que d'embarras nous cause cette petite fille ! murmurait l'oncle Valère en se mettant à table, tardivement, ce soir-là, à côté de sa nièce qu'il regardait affectueusement et malicieusement.

– Pauvre oncle ! riposta Odette ; dire que vous vous voyiez déjà si bien déchargé de tous vos soucis de tutelle, et voilà que la pupille vous reste pour compte !

– Tâche seulement de ne pas nous procurer deux alertes semblables ; c'est assez d'une fois, dit M. Samozane en plongeant sa cuillère dans son potage.

– Je m'en tiendrai là, je pense, fit Odette.

Gui ayant réclamé un sujet d'entretien plus gai, la conversation prit un autre tour ; puis, brisé d'émotion, chacun eut hâte de se retirer chez soi, sauf peut-être Odette qui, sans vouloir l'avouer, redoutait l'heure du sommeil.

« Si, cette fois encore, j'allais ne pas me réveiller ! » se disait-elle.

Robert pénétra sa pensée et insinua à ses sœurs de coucher dans l'appartement de Mlle d'Héristel, ce qu'elles firent avec une bonne grâce suffisante.

Chapitre III

« Ce n'était rien du tout, en somme, que ce petit accident, cette léthargie qui n'a pas duré vingt-quatre heures ; c'est arrivé à bien d'autres qu'à moi... Et cependant, je sens que cela a changé quelque chose à mon caractère. Certes, je n'ai jamais eu la prétention de passer pour un ange ; d'abord, je ne voudrais pas être un ange, cela m'obligerait à trop veiller sur mes paroles et sur mes actes.

Eh ! bien, depuis ma... maladie d'une demi-journée, je suis devenue pire, fantasque, grincheuse, et je me sens mal disposée à l'égard du genre humain en général et de ma famille en particulier.

D'abord il m'est désagréable que l'on me parle sans cesse de mon... accident.

Quand je dis sans cesse, c'est un peu exagéré, car je ne vois pas des visiteurs toute la journée, et j'ai déclaré à mon *entourage* que c'était chose enterrée.

Il n'y a ici que ce scélérat de Guimauve pour me plaisanter encore là-dessus, malgré ma défense ; mais, il le fait si drôlement et il est tellement en contradiction avec toutes les défenses, que je lui pardonne et fais la sourde oreille.

Je parle des étrangers, des amis... ou ennemis, qui viennent voir tante Samozane.

« Et cette chère petite ressuscitée, ne pourrons-nous la voir ? Nous sommes venus spécialement pour la féliciter. »

Or, parce que je suis la nièce de mon oncle et de ma tante, et parce que j'ai reçu une bonne éducation, me voilà obligée d'entrer au salon, la bouche en cœur et le regard ingénu, de me laisser embrasser la main et de répondre le plus aimablement que je le peux aux questions qu'on me pose.

Et je sens que, malgré moi, je fais la tête d'une petite fille qu'on envoie coucher sans dessert ; ou bien je suis froide, froide à glacer une crème.

J'ai souvent constaté que c'est très gênant d'avoir reçu une bonne éducation et d'être la fille de ses parents ; ça vous oblige à vous montrer toujours suave et bien élevée, quand on aurait envie de décocher une vérité !

Ce n'est tout de même pas sans plaisir que je me retrouve vivante après mon alerte, dans ce home qui m'est cher en dépit des vicissitudes qui m'y assiègent actuellement.

Il me semble que je n'ai jamais trouvé ma chambre si gentille ; jaune paille, ce qui sied à une brune ; des bibelots à la diable, un peu partout ; le bon Dieu suspendu à mon chevet ; mes robes en face, dans le cabinet ; ma cheminée à gauche, recouverte de peluche ; à l'opposé l'armoire à glace... avec laquelle je me rencontre souvent sans grande répugnance, il faut l'avouer.

J'ai toujours été enthousiaste du beau et même du joli ; je ne suis pas belle, (moi qui aurais tant voulu être Mme Récamier !) mais je ne suis pas laide... surtout quand je ne me relève pas d'un lit mortuaire.

Roger Dombre

Je mets, de préférence, ce qui flatte mon visage, et fait ressortir ma taille, désobéissant en cela carrément à tante Germaine qui me répète cinq fois par semaine :

« Tu ne dois pas aimer ta beauté ni t'en servir pour t'attirer des hommages. »

D'abord, m'attirer des hommages, il faut être dans les circonstances voulues pour cela. Jusqu'à présent, si j'avais écrit ma vie, ce serait une histoire édifiante à l'usage de la jeunesse ; désormais... ou plutôt l'hiver prochain, aussitôt que j'aurai dix-sept ans, on m'exhibera dans les salons.

Je crois que cela m'amusera, et ce sera bien le diable si je ne récolte par deux ou trois pauvres petits compliments par soirée.

Ici, pour m'en faire, il n'y a personne, tant on craint de m'induire en tentation de vanité.

L'oncle Valère ne consulte que les protubérances de mon crâne, qui n'en a guère, du reste.

Tante Germaine me prêche le détachement de tout.

Tante Bertrande me répète que j'aurais pu être beaucoup mieux.

Jeanne me dénigre chaque fois qu'elle en trouve l'occasion.

Blanche me fait remarquer qu'il vaudrait mieux pour moi être blonde.

Guimauve me rit au nez quand il me trouve décoiffée, ce qui n'est pas rare.

Et Robert, le grave Robert, a un petit sourire ironique lorsqu'il me voit donner un regard... furtif ou prolongé, au miroir.

Seule, ma vieille bonne Euphranie témoigne une admiration sans bornes pour ma personne.

Mais voilà, je me méfie de son appréciation.

N'empêche que je suis satisfaite de sortir de l'épreuve aussi fraîche que par le passé, et avec trente-deux dents toujours ; trente-deux dents bien blanches et bien alignées.

Ça ne m'a pas absolument surprise de me retrouver de ce monde, ni étonnée, ni ahurie ; la crise a si peu duré !

Dieu du ciel et de la terre, soyez béni !

Quand je pense que quelques heures plus tard, je me réveillais

Chapitre III

entre les quatre planches d'une bière !

C'est sans doute cette idée qui a aigri mon caractère ; ou, pour être plus juste, c'est le souvenir de certaines paroles recueillies dans mon étrange sommeil.

D'abord, il y en a qui, après avoir un peu pleuré sur moi, ont pensé à mes dépouilles opimes.

Mon oncle, lui, pauvre homme, n'a songé qu'à mes bosses crâniennes qui le trompaient.

Sa femme et sa belle-sœur ont dû... espérer vaguement ma succession.

Que le dieu d'Israël me pardonne si je juge témérairement !

Blanche et Jeanne se sont dit, et de cela, je suis certaine, hélas ! que mon trépas leur fournissait une jolie dot.

Guimauve a geint de n'avoir plus de camarade bonne enfant à taquiner.

Robert, lui, n'a ni assez geint, ni assez gémi, ni assez pleuré, ni assez soupiré, à mon avis.

Que cachait ce silence ?

Je me le demande avec curiosité depuis que je suis de retour en ce monde.

Et, malgré moi, l'opinion des deux servantes, Euphranie et Gertrude, gardant mon cadavre, me revient à la mémoire et je me demande...

Mais n'est-ce pas absurde de se laisser impressionner par les bavardages de deux vieilles commères ?

Aussi, pourquoi suis-je riche, et pas eux ?... »

Chapitre IV
Notes de M. Samozane

« Nous avons failli perdre ma pupille ; il n'en fallait pas davantage pour affoler toute la maisonnée, car, on chérit cette enfant gâtée qui se nomme Odette d'Héristel.

Mais ce malaise n'était que passager, et la chère petite en est quitte

Roger Dombre

pour rester un peu pâlotte.

Ou du moins... en est quitte ! Je m'avance beaucoup, car au moral elle est fort changée.

Je sais bien qu'elle a la bosse du caprice et qu'il ne faut pas demander une conduite persévérante à cet oiseau léger ; mais, je ne l'ai jamais vue aussi bizarre que depuis son retour parmi les vivants.

Certes, maintes fois depuis qu'elle est ma pupille, Odette a manifesté des dispositions tout à fait contraires à celles de son tuteur et de ses tantes, et nous avons malheureusement trop souvent cédé ; mais aujourd'hui, on dirait qu'elle se plaît à être en continuelle contradiction avec nous. Qu'y a-t-il ?

J'examinerai encore son crâne.

Car, en ma qualité de tuteur et d'oncle, je devrais...

Oui, que devrais-je faire ? Moi qui trouve déjà trop sévères à son égard ma femme et ma belle-sœur...

Ouf ! heureusement que mes filles sont d'une nature beaucoup plus calme que leur cousine et qu'elles ne me donneront pas de fil à retordre !

Mon Dieu ! oui, je le répète, nous l'avons gâtée, élevée un peu comme un garçon... Et cependant aujourd'hui elle est très femme ; et fantasque, Seigneur !

Or, le procès qui menace sa fortune m'a l'air de tourner contre nos désirs.

Certes, si la chère enfant le perdait, se voyant ainsi tout à coup appauvrie, elle n'en serait pas plus malheureuse pour cela ; nous sommes ici, nous, et tant qu'il y aura du pain chez nous, elle partagera notre médiocrité.

De plus, je sais un garçon qui n'a déjà d'yeux que pour cette gamine (elle n'en est pas digne, la petite sorcière !) et, comme ce cher Robert a un bel avenir devant lui, il offrira au moins l'aisance à sa femme.

Mais, Odette est si jeune encore ! »

Chapitre IV

Chapitre V

Notes de Mme Samozane

« Elle devient de plus en plus insupportable, me répondant, à moi sa tante, presque sa seconde mère, sur un ton d'insolence polie qui nous afflige tous.

J'espère que ce n'est qu'une fatigue passagère, suite de son accident d'il y a un mois ; pour plus de sûreté, je l'ai fait examiner par le docteur Mérentié ; or, l'excellent homme nous a affirmé que jamais Mlle d'Héristel ne s'est jamais si bien portée.

Alors ?... Je n'y comprends rien.

Elle a perdu sa verve piquante qui nous amusait, quoique maintes fois je dusse la rappeler à l'ordre. Tout cela est remplacé par une suprême impertinence ; elle a même des mots cruels pour ce pauvre Robert, qui en est peiné quoiqu'il n'en montre rien, le cher enfant. Quant à ses cousines, elle se moque d'elles avec un petit air candide et ingénu qui agace mes pauvres fillettes.

Je me demande toujours ce qui a pu motiver un pareil changement... Et je ne trouve pas.

À moins que... en dépit des affirmations du docteur, la santé y soit pour quelque chose.

J'aimerais mieux cela, je l'avoue.

Il paraît (c'est Valère, mon mari, qui me tient au courant de la chose) que la fortune de notre nièce est fort compromise.

Ce ne peut être l'appréhension d'une future pauvreté qui « travaille » la pauvre enfant, puisqu'elle ne s'en doute même pas.

Vaguement elle sait qu'un étranger, son parent au soixantième degré, lui conteste des biens qu'elle croit tout à fait à elle ; elle n'y voit pas plus loin que le bout de son petit nez blanc, et se figure être aussi riche que par le passé.

Nous ne lui parlons pas affaires, du reste ; à quoi bon assombrir cette jeunesse si insouciante !

Pour moi, je voudrais lui voir conserver cette fortune, qui deviendrait l'apanage de mon Robert ; en bonne mère, n'est-ce pas ? et en bonne tante aussi, il m'est bien permis de le souhaiter.

Roger Dombre

Enfin, il en sera ce que Dieu voudra. »

Chapitre VI
Notes de Betrande

« Seigneur, je vous offre, en expiation de mes fautes, toutes les impatiences que suscite en moi la conduite de ma nièce Odette.

Quand on pense qu'elle ose me tenir tête, à moi, sa tante Bertrande ! à moi que personne n'a jamais encore contredite, pas même un époux, puisque je n'ai jamais voulu en prendre.

Et je ne puis que blâmer tout bas mon neveu Robert, qui continue à n'avoir d'yeux que pour cette petite diablesse.

Mon Dieu, encore une fois, je vous l'offre !

J'ai insinué à Valère et à Germaine que cet exemple peut être pernicieux pour leurs filles ; ils font la sourde oreille.

Combien grande sur eux est la puissance de cette enfant gâtée !

Moi aussi, je l'aime, seulement je n'encourage pas ses faiblesses.

Elle était si mignonne quand elle nous est arrivée de province, après la mort de ses parents ; elle est si câline, si délicatement attentionnée, quand elle le veut !

Mais aujourd'hui, Dieu du ciel ! Que s'est-il passé en elle ?

C'est à croire que depuis sa crise de léthargie qui nous a tous si fort effrayés, elle demeure possédée d'un démon et qu'il faudrait l'exorciser pour nous rendre l'Odette d'autrefois. »

Chapitre VII
Notes de Jeanne

« Certainement, Blanche est comme moi bien heureuse que Nénette soit revenue en ce monde, mais combien on l'aimait mieux avant... sa mort !

Quelle mouche l'a donc piquée et que lui avons-nous fait pour qu'elle nous traite tous avec une telle désinvolture ? »

Notes de Gui

« Pour un cousin embêté, je suis un cousin embêté ! Mais, aussi, mettez-vous à ma place.

J'avais une cousinette gentille à croquer, même quand elle trépignait et se mettait en colère... (il y a bien quelque vingt mois que cela ne lui arrivait plus) ; pleine d'esprit, pétillante d'humour, qui montait à bicyclette comme un ange et jouait au tennis comme un séraphin...

Et puis, crac ! on nous la change, non pas en nourrice, mais dans l'autre monde où elle est allée fourrer son petit nez pendant quelques heures, si je sais, diable, pourquoi ?

À quel propos nous en veut-elle, cette petite créature si jolie et si méchante que nous avons toujours gâtée beaucoup et dont nous avons fêté la résurrection récente avec tant de joie ?

Moi, je sais bien que si je répondais seulement le quart du quart des impertinences qu'elle débite aux auteurs de mes jours, on me flanquerait à la porte, et l'on aurait bien raison !

Mais, voir Nénette grincheuse, non, c'est à n'y pas croire ! »

Notes de Robert

« Que se passe-t-il dans le cœur ou dans la tête de notre chérie ?

On lui pardonne, d'abord parce qu'elle est femme et mignonne à ravir, ensuite, parce que, un instant, nous avons cru l'avoir perdue.

Mon Dieu ! penser qu'elle aurait pu mourir là, sous nos yeux ! que son joli sourire n'aurait plus lui ; que ses lèvres si fines auraient pu être fermées à jamais ; que cette voix si fraîche n'aurait plus résonné par ici !

Heureusement, cela n'a été qu'une fausse alerte.

Mais que l'Odette d'aujourd'hui ressemble peu à l'Odette d'avant... le malheur !

Mon Dieu ! j'ai tant souffert quand je l'ai portée sur son lit, déjà la croyant morte subitement ! Sans oser l'effleurer d'un dernier baiser fraternel, je regardais, comme hébété, ce corps inanimé. À

Roger Dombre

la violence de mon chagrin, j'ai compris la force de ma tendresse pour elle, mesuré la place qu'elle tient dans mon cœur. Mais, je n'en ai rien montré, et personne n'aura deviné ce qui se passait alors en moi.

Oui, je crois que je l'ai aimée fillette, dès qu'elle est apparue sous notre toit... Et maintenant, bien qu'elle n'ait pas encore seize ans accomplis, je sens que mon plus cher désir est qu'elle réponde vraiment à ma tendresse et soit mienne à jamais. Or, jusqu'à ce jour funeste, où nous avons pleuré sur elle, je me figurais qu'elle éprouvait pour moi une affection plus que fraternelle... Aujourd'hui, hélas ! je doute. »

Chapitre VIII

– Pourquoi, mon bijou, n'êtes-vous plus la même depuis que vous avez été quasiment morte ?

– Ça, ma bonne Euphranie, je ne saurais te le dire. Avoue, au moins, qu'avec toi je n'ai pas changé.

– Non, faut en convenir, demoiselle, faut en convenir. Vous êtes toujours câline avec votre vieille bonne qui vous aime tant.

– Et d'une façon désintéressée, toi du moins, Nanie.

– Comment ça, désintéressée ? fit la bonne femme en ouvrant tout grand ses petits yeux bridés.

– Oui, tu m'aimes pour moi-même, toi, Nanie.

– Ben, naturellement ; parce que vous êtes tout plein gentille et mignonne.

– N'est-ce pas ? pour cela seulement.

– Et aussi parce que vous me faites des petits cadeaux à chaque instant.

– Ah ! voilà, fit amèrement Mlle d'Héristel. Ton affection ressemble à celle des autres.

La vieille femme réfléchit une minute, puis branla la tête et dit carrément :

– Comprend pas.

La jeune fille soupira :

– Mais moi, je m'entends, et cela suffit.

– Ben oui, répéta la servante, revenue à son idée, on vous aime pour votre petit cœur si généreux.

– Et si je ne donnais rien ?

– On vous aimerait quand même pour vos autres qualités, ma mignonne ; c'est qu'alors vous seriez pauvre et ne pourriez plus faire plaisir aux autres.

– Ah ! fit encore Odette, qui eût voulu interroger davantage la vieille femme, mais qui n'osait.

Hélas ! oui, comme le déclaraient, chacun dans son for intérieur, tous les Samozane, la jeune ressuscitée n'était plus du tout la charmante et rieuse fille du temps passé.

D'abord contente de revenir au monde bien portante, de revoir tous les siens, elle avait ensuite peu à peu, réfléchi, se remémorant les paroles entendues pendant sa léthargie et les commentant à sa façon, la pauvre fillette. Sa vive imagination aidant, elle en vint à se grossir les choses, à interpréter bizarrement les propos recueillis et à se forger mille chimères.

Elle les avait bien entendus, ces propos, tendres et désolés pour la plupart, mais elle n'avait pu voir la mimique sincèrement navrée qui les accompagnait.

Mon Dieu ! oui, le tuteur un peu maniaque avait bien murmuré :

– J'avais toujours dit que cette petite n'était pas comme les autres.

Mais, en prononçant ces mots, il avait l'œil humide et la voix chevrotante.

Mme Samozane avait dit, en effet :

– Elle nous en a fait voir de dures, la pauvre enfant, que le bon Dieu lui pardonne !

Mais quoi de plus vrai ? cette idée venait simplement à l'esprit de l'excellente femme dont « la trépassée » n'apercevait pas le visage bouleversé.

De même pour tante Bertrande, bien meilleure dans le fond que ne le comportait son apparence bourrue.

Un peu insignifiantes, les demoiselles Samozane se sentaient réellement navrées de perdre leur cousine qui les taquinait souvent, mais que leur cœur étroit et superficiel n'eût guère plus aimée si elle eût été leur sœur.

Jeanne avait eu cette exclamation, malheureuse il est vrai, et naïve dans sa reconnaissance anticipée :

« Cousinette, grâce à toi, je pourrai épouser M. de Grandflair. »

Mais si, dès sa résurrection, Odette s'était montrée plus gentille avec elle, nul doute que Jeanne lui eût témoigné toute la joie sincère qu'elle ressentait.

Quant à Robert, nous sommes fixés sur la nature de ses impressions.

Seul, Gui, n'avait rien perdu de l'amitié d'Odette. Par exemple, lui qui n'avait jamais eu un tact très sûr, il se plaisait à la taquiner davantage depuis qu'il la voyait plus agressive, et il recevait souvent les éclaboussures de sa mauvaise humeur.

Au fond, les deux sœurs n'étaient pas encore convaincues qu'Odette n'avait pas voulu « se payer leur tête », pour employer une des plus élégantes expressions du jeune Samozane. Or, Blanche et Jeanne lui en voulaient de cela.

Elle leur avait joué tant de tours, cette cousine endiablée, depuis qu'elle vivait avec elles, profitant probablement de la supériorité d'esprit qu'elle se sentait sur elles.

Ainsi donc, tout concourait peu à peu et davantage chaque jour à entretenir les idées noires de Mlle d'Héristel ; des mots, des plaisanteries, des réticences de domestiques entendus par hasard, dont elle aurait dû hausser les épaules si elle eût été en d'autres dispositions morales.

Dès son entrée dans le monde qui, en dépit de sa jeunesse et de sa gaminerie, avait eu lieu peu à peu, par degrés, en commençant par les bals blancs et les réunions intimes, elle s'était vue recherchée, mais des femmes et des jeunes filles autant que des hommes, parce qu'elle était dépourvue d'affectation, sincère, bonne et amusante.

Jusqu'alors, elle n'avait jamais pensé que sa dot rondelette pût lui attirer des amis ; cela ne lui venait même pas à l'idée et elle avait bien raison.

Aujourd'hui, dans son cœur de fillette inexpérimentée, elle croyait discerner la vérité du mensonge au milieu des sourires qui s'adressaient à elle.

Et elle accusa tout bas d'ambition et de vils calculs des gens qui ignoraient même qu'elle fût une riche héritière.

Dans sa petite âme repliée maintenant, était entré le poison de la défiance et, elle si franche, elle voyait des menteurs là où il n'y avait que de sincères amis. Elle se sentait meurtrie moralement par tout ce qu'elle avait entendu de vilain ou plutôt par tout ce que, prévenue, elle avait interprété à sa façon.

De plus, Miss Hangora et Antoinette Dapremont qui, réellement la jalousaient et qui professaient l'une et l'autre une admiration sans bornes, mais hélas ! inutile pour Robert Samozane, prenaient soin d'entretenir ces sombres préventions chez Odette.

La chère petite ne les aimait pas, et pourtant elle les écoutait et même les croyait parfois.

Odette d'Héristel n'était plus la petite âme limpide où chacun pouvait lire à livre ouvert ; elle, si active jadis, demeurait des heures oisive, pelotonnée dans les coussins du divan comme un jeune chat, inclinant sa petite tête farouche comme si le poids trop lourd de ses sombres pensées l'entraînait.

Réfléchie et enthousiaste à la fois, elle prenait à l'extrême toutes choses. Jusqu'à ce jour, elle n'avait pas vu ou voulu voir, dans la vie, de jaloux, d'envieux, d'ambitieux ; mais soudain, apprenant qu'il en existait de par le monde, elle se prenait à douter même des meilleurs, ce qui était une immense injustice et pouvait lui coûter cher.

Enfin, elle commençait à lasser la patience de ceux qui l'entouraient.

Sans prendre garde à ses colères d'enfant, les hommes, occupés ailleurs, haussaient les épaules à ses diatribes contre l'humanité.

Moins indulgentes, les femmes supportaient mal sa persistante ironie et les insinuations faites d'une voix mordante. Une guerre intime et fatigante pour tous s'alluma dans la maison de Passy, nid chaud naguère et si riant, où l'on ne s'était jamais disputé qu'en plaisantant.

Dans la pauvre petite âme désemparée d'Odette naissait cette crainte vague de n'être pas aimée pour elle-même, douloureux

Roger Dombre

sentiment qui arrachait de ses lèvres le rire et la sérénité de son cœur.

Ses tantes ne devinaient pas, comme l'eût fait sa mère, qu'elle souffrait plus que tous de cet état de choses, et, dans leurs entretiens avec le chef de famille, elles se plaignaient amèrement de la jeune révoltée.

Chapitre IX

« Je sens que j'ai le diable au corps... hélas ! est-ce ma faute ?... On m'a faite ainsi... Qui, *on* ?

La vie, les hommes, les circonstances.

Et je vais prendre un grand parti.

Ce n'est pas qu'il ne m'en coûte, certes, de quitter une famille où, après tout, je trouve quelques satisfactions, pour entrer dans l'inconnu, dans la dépendance, dans le spleen peut-être !

Mais, je suis charitable, je débarrasserai les miens d'une présence qui ne peut que leur être importune, étant donné l'état de « grincherie » perpétuelle où je me sens.

Et ensuite, que ferai-je ?

Eh ! mon Dieu ! qu'en sais-je ? Je ne voix plus clair devant moi, je n'ose plus m'appuyer sur personne et je me rends très malheureuse tout en rendant malheureux les autres autour de moi. J'en excepte ma vieille Nanie et son chat Boileau. »

Chapitre X

Mlle d'Héristel entra chez son tuteur d'un petit air si soumis, que le brave homme se dit aussitôt :

« Qu'a-t-elle donc, aujourd'hui, mademoiselle ma pupille ? Elle me paraît terriblement malléable. Qu'est-ce qu'il y a là-dessous ? »

– Es-tu souffrante, fillette ? lui demanda-t-il avec une sollicitude dont elle se sentit touchée.

Très grave, elle répondit :

– Non, mon oncle, je me porte en charme... malheureusement.

– Comment, malheureusement ?

– Mon Dieu ! oui ; plût au ciel que je fusse demeurée réellement morte dans la crise de léthargie où j'ai failli, très doucement au moins, passer de vie à trépas !

– Vous déraisonnez, ma nièce. Je ne suppose pas que ce soit pour me dire cela que vous êtes venue me trouver ?

– Non, mon oncle. Est-ce que, d'après les protubérances de mon crâne, vous n'avez pas découvert en moi la vocation religieuse ?

Avec Mlle d'Héristel, M. Samozane savait qu'on pouvait s'attendre aux questions les plus bizarres ; aussi, se contenta-t-il de répondre en retenant un sourire :

– Non, ma nièce, point du tout.

Odette réfléchit l'espace d'une demi-minute, puis elle reprit d'une voix blanche :

– Eh bien ! moi, je me crois appelée de Dieu.

– Au couvent ?

– Oui, mon oncle, dans un couvent de femmes.

– Bien entendu.

– Et je viens vous dire, continua l'étourdie tout à fait lancée, que je vais m'essayer.

– Comme nonne ? Il y a des pupilles qui « demanderaient l'autorisation » au lieu de « venir dire », fit M. Samozane avec une nuance de reproche.

– Eh bien, oui, mon oncle ; mais vous m'avez tellement accoutumée à faire mes quatre volontés... Alors, je puis entrer au couvent ?

– En qualité de... ?

– De... À seize ans, pas même, on ne me recevrait pas comme novice.

– C'est probable.

– Or, je n'ai pas terminé mes études ; j'ai donc envie de me présenter d'abord comme pensionnaire.

– Je crois que vous aurez raison, mon enfant. Mais, avez-vous fixé votre choix sur la communauté religieuse ?

Roger Dombre

– Ah ! parfaitement. Mlle Dapremont m'a beaucoup vanté le couvent des Auxiliatrices du Bien, à Auteuil. Il paraît qu'on n'y reçoit que des jeunes filles de bonne famille.

– C'est fort bien ; je m'informerai de mon côté. Ah ! c'est Mlle Dapremont qui vous a conseillé cela ?... ajouta M. Samozane d'un petit air railleur qui ne s'adressait pas, cette fois, à sa pupille.

Odette rougit.

– Non, mon oncle, ce n'est pas elle ; d'abord, je ne suis pas ses conseils, je ne l'aime pas assez pour cela. Elle a simplement parlé un jour avec un certain enthousiasme des Auxiliatrices du Bien.

– Ainsi, vous êtes très décidée à vous retirer du monde, Odette ?

La jeune fille prit un air perplexe.

– Ce n'est qu'un projet, mon oncle, un essai, et s'il n'est pas heureux, j'en serai quitte pour, mes études finies, rentrer dans la vie du monde.

Elle ne disait pas : « La vie de famille », et son tuteur en fut peiné.

Il y eut un petit silence, puis, M. Samozane, qui examinait la gentille frimousse de sa nièce, reprit lentement :

– Je ne te vois pas très bien sous la cornette, ma fille.

– Moi non plus, avoua humblement Mlle d'Héristel.

– Enfin, nous avons le temps d'y songer...

– Mais non, rétorqua vivement Odette, je voudrais aller à Auteuil le plus tôt possible ; cette semaine, par exemple.

Elle ajouta dans un énorme soupir qui gonfla sa frêle poitrine :

– Je sens que je suis désagréable...

Elle allait dire :

« À tout le monde ici. »

Mais elle se contint et vit avec surprise que son oncle ne la contredisait pas.

Un peu dépitée, elle se leva, concluant :

– N'est-ce pas, mon oncle, nous presserons cette affaire ?

– Comme il te plaira, fillette, répondit M. Samozane d'un ton de bonhomie sereine.

Le même soir, avant le dîner, il contait la chose à sa femme, à sa belle-sœur et à son fils aîné.

Les deux premières n'en croyaient pas leurs oreilles.

– Odette religieuse ? Cette enfant gâtée qui n'acceptait aucune règle ?

– Décidément, son accident lui a dérangé le cerveau.

Et la mère regardait avec inquiétude son fils préféré qu'elle savait féru de la petite.

– Moi, déclara-t-il très tranquillement, je suis d'avis de laisser Odette agir à sa guise.

– Toi ? s'écrièrent les deux femmes ensemble.

– Mais oui ; il est bon qu'elle tâte un peu de la vache enragée ; si modeste qu'il soit, notre ordinaire vaut mieux que celui du couvent, et non seulement notre ordinaire, mais notre genre de vie. Odette aime son bien-être, les grasses matinées, son miroir, les jolies robes, le farniente, la musique, les pièces de théâtre et les opéras à sa portée ; les promenades dans Paris et bien d'autres choses avec, qu'elle ne trouvera pas au couvent.

– Mais, alors, ce sera un supplice pour la pauvre petite ! répliqua Mme Samozane déjà effrayée.

Robert sourit finement :

– Soyez tranquille, mère ; quand Odette en aura assez, elle nous reviendra.

Mme Samozane regarda fixement son fils qu'elle ne comprenait plus.

– Comme tu deviens dur pour elle ! murmura-t-elle.

Il sourit encore, mais avec un peu d'amertume :

– Odette nous échappe pour le moment, répondit-il ; je veux qu'elle nous revienne d'elle-même, matée, gentille comme auparavant, sans que nous fassions aucune avance pour la ramener à nous.

– Il a raison ! conclut énergiquement tante Germaine qui n'aimait pas à se montrer vaincue dans la lutte, surtout par une petite fille.

Il fut donc convenu que personne ne dissuaderait Mlle d'Héristel ; elle voulait entrer au couvent, en qualité de pensionnaire d'abord, de novice ensuite : elle y entrerait sans que nul récriminât.

Ajoutons que tous étaient un peu curieux de voir « la tête » que ferait l'héroïne dans sa nouvelle vie, et même celle que feraient ses maîtresses devant une élève qui ne pouvait manquer de se montrer indisciplinée.

Le soir venu, bravement en apparence et très gênée dans le fond, Odette annonça sa résolution à ceux qui l'ignoraient encore. Elle se sentit très surprise et surtout très vexée de voir la prompte adhésion qu'y apportait chacun.

– Je crois que c'est une sage idée, dit simplement Robert sans la regarder.

Elle suffoqua.

– La saison est excellente pour ce changement d'existence, fit observer Mme Samozane d'un air paisible, sans se douter que, au contraire, la fin de l'automne ramenait le froid et la tristesse.

– Elle manquera la soirée des Oligarche, murmura Blanche d'une voix éteinte.

– Auteuil, ce n'est pas très loin, ajouta sa sœur.

– Et l'on est tenu très... correctement chez les Auxiliatrices, fit tante Germaine qui ne connaissait rien de cet ordre.

Quant à Guillaume, quoique prévenu, lui aussi, il pouffa de rire dans sa serviette à l'idée de sa cousine mise en pension à l'âge où, d'ordinaire, on en sort ; puis il se leva cérémonieusement et, le front penché, la main sur le cœur, il dit d'un air pénétré en saluant Odette :

– Ma Révérende Mère, soyez heureuse !

Mlle d'Héristel enrageait ; à l'heure du coucher, elle se soulagea dans le sein de sa vieille bonne qui, ne comprenant rien à cette soudaine explosion de colère, répétait :

– Faut-il qu'on vous en fasse, ici, pour que vous n'y puissiez plus tenir, mon pauvre bijou ! Ah ! soyez tranquille, il y aura au moins votre vieille bonne pour aller vous voir dans « cette prison » et pour vous apporter de douceurs. Même si les autres ne pensent plus à vous, Nanie y pensera, elle, et vous amènera votre chat Boileau pour vous faire plaisir. »

Chapitre X

Chapitre XI

« Pour abréger la scène des adieux fatigants et banaux... Dit-on banaux ou banals ?... Au fait, je n'en sais rien... Donc, pour l'abréger, je suis partie de bonne heure avec Nanie et mon baluchon, au moment où tous sortaient de leur lit en se frottant les yeux.

J'ai peu parlé pendant les heures diurnes qui ont précédé mon départ pour l'exil, mais sous ce silence on pouvait deviner des choses profondes !...

Robert, lui, était levé avant les autres ; je crois que le peu qu'il a de cœur s'est ému quand il a effleuré ma joue de sa moustache, car j'ai senti sa main qui tremblait en touchant la mienne.

Gui, qui dormait encore à moitié, m'a souhaité de m'amuser ferme en bûchant un peu *au collège*.

Et je suis partie, secouant la poussière de cette maison que j'ai aimée et qui m'est devenue insupportable (si je sais pourquoi !) depuis quelque temps.

Nous avons pris le train, pour ce court trajet, à cause de ma malle qui pèse lourd.

J'avais un sac de dragées dans lequel, en route, je puisais à outrance, ce qui arrondissait d'étonnement les yeux de mes compagnes de route.

J'ai un estomac fait pour les dragées et rebelle aux côtelettes et aux beefsteaks.

Mais, comme toute bonne chose a une fin, je vis à la fois le fond de mon sac et le terme de mon voyage.

Vite, une voiture où nous jetons ma malle et Nanie mal réveillée !

Et maintenant, le couvent : sonnerie éperdue à la porte qui met longtemps à s'ouvrir devant les profanes ; non moins longue station au parloir où arrive la Révérende Mère, surprise de trouver devant elle une nouvelle recrue si piaffante.

Nanie, qui regardait la religieuse comme si la sainte femme devait me dévorer, se jeta sur moi en m'arrosant de ses larmes comme si j'allais être livrée aux bêtes féroces.

Puis, Mlle Odette d'Héristel n'étant plus une petite fille bonne à épeler ses lettres, on me conduisit incontinent dans ma « cellule » ou plutôt, dans le demi-alcôve qui abrite mon innocent repos ; ensuite à la chapelle trop fraîche et trop jolie pour un mauvais sujet comme moi ; enfin au jardin où s'ébattaient mes condisciples.

On est plus timide à seize ans qu'à huit. Mes contemporaines me regardèrent, les unes ouvertement, les autres en dessous, tout comme si j'étais une bête curieuse, échappée de l'arche.

– Est-ce qu'il ne vous arrive jamais de compagne de mon âge ? ne pus-je m'empêcher de leur demander avec ironie.

– Mais... si, quelquefois. Rarement, cependant, me répondit la plus hardie.

– Ah ! fis-je avec onction, les parents ont bien raison de mettre en pension leurs enfants en bas âge, ou pas du tout, alors.

Elles prirent toutes un air ahuri.

– Mais, vous, en ce cas ?... hasarda l'une.

Je revêtis une physionomie mélancolique et mystérieuse :

– Oh ! moi, je suis dans des circonstances tellement exceptionnelles !

Avides, les curieuses se rapprochèrent de moi.

– Mais, continuai-je, on peut être sûr d'une chose : c'est que je ne mettrai mes enfants en pension que si...

Je ne pus achever l'énoncé de mes projets maternels ; toutes ces tourterelles effarées se chuchotèrent l'une à l'autre :

– Des enfants ! Elle a déjà des enfants !

– C'est une pensionnaire libre, alors !

Libre ?... Ah, je t'en fi... Grand Dieu ! qu'allais-je écrire là ?...

À ce moment, une surveillante s'avança vers nous et s'enquit du sujet de notre entretien ; je répondis que j'exposais un système d'éducation pour quand nous serions mères de famille.

Je fus regardée de travers et il nous fut enjoint de jouer.

....

Je trouve absolument désagréable de me lever à six heures, au son d'une cloche ; avant-hier, j'ai obstinément refusé de quitter mon lit ; ce matin, je me suis dite malade... Moi qui ne mens jamais !...

Chapitre XI

Mais, de fait, ne suis-je pas un peu malade... de la nostalgie de Passy et du home ?...

Que suis-je venue faire ici ?

Et ce que je suis laide avec cette robe noire et mes cheveux tirés en arrière, (c'est la règle), qui me donnent un faux air d'oiseau mouillé.

Si Robert me voyait ainsi !...

Mais, il me dirait que je l'ai voulu.

....

L'hiver, le froid, le triste, le manque de confort !

J'enlaidis de plus en plus. Navrée.

De Passy, rien ; pas de condoléances, pas d'appel, de rappels plutôt.

Les ingrats !

Moi, je me tais aussi, drapée dans ma dignité et aussi dans le plus épais de mes châles.

Rien que quinze degrés dans nos salles pourtant chauffées.

Gelée jusqu'à l'âme, jusqu'à la mémoire ; ce matin, je n'ai pas su dire combien font trois fois huit, ni les villes qu'arrose la Garonne.

J'ai de fréquentes distractions ; par moment, je rêve, et je me crois chez les Samozane :

Hier, sans le vouloir, j'ai appelé : « Robert ! » au beau mitan de la leçon de catéchisme.

Oh ! les rires de ces demoiselles !...

La maîtresse m'a demandé, indignée, à quoi je pensais...

J'ai répondu : « À Robert le Pieux. »

Hypocrite que je suis ! Abjecte créature ! Rebut de l'humanité ! voilà jusqu'où je m'abaisse pour m'éviter une punition.

....

À propos d'histoire, hier, une condisciple moqueuse me demande si je descends de Pépin d'Héristel.

– Mais comment donc ! répliqué-je, en droite ligne.

Ah ! l'on veut se moquer de moi ? Mais je suis de force à riposter.

Roger Dombre

Chapitre XII

– Si méchante qu'elle soit, elle nous manque bien, dit Mme Samozane en délaçant son corset, car elle se déshabillait, ce soir-là, dans la chambre de sa sœur afin d'achever la conversation commencée.

Bien entendu, on parlait d'Odette.

– C'est sûr, répondit tante Bertrande, soucieuse, en déposant ses cheveux sur la table, car elle adjoignait à sa maigre natte une tresse postiche généralement mal adaptée à sa coiffure, au grand désespoir de ses nièces qui ne parvenaient pas à y mettre de l'ordre. Mais, avoue ma chère que si la maison est moins gaie, elle est aussi fort tranquille.

– Trop tranquille même, je te permets de le dire ; mes filles sont si peu exubérantes ! Il semble que notre vie de famille est déséquilibrée depuis que...

Un bruit inaccoutumé se fit entendre dans l'antichambre et coupa la parole à la vieille dame.

– Ce sont nos jeunes gens qui rentrent ; il est temps, dit Mme Samozane, l'œil sur la pendule.

– Oh ! il n'est pas tard, dix heures à peine.

– Oui, mais je leur ai recommandé de ne pas veiller ce soir ; demain est la fête de Noël, et la nuit sera longue... On n'entre pas ! acheva vivement la mère de famille, en réponse à un heurt énergique sur la porte. Bonsoir, mes petits, couchez-vous vite !

– Mais c'est moi, ma tante ! fit une voix féminine, mi-impatiente, mi confuse.

– Qui cela ? cria tante Bertrande avec stupeur.

Et elle ajouta, n'en croyant pas ses oreilles :

« On dirait la voix d'Odette. »

Au lieu de se nommer, le mystérieux personnage répéta :

– Moi, votre nièce. Je peux bien entrer, moi !

Et, d'un doigt prompt, elle entrouvrit l'huis.

– Quand je le disais ! murmura tante Bertrande.

Mme Samozane demeurait debout, mais inerte, tenant ses jupons des deux mains, ses yeux arrondis fixés sur l'arrivante.

Celle-ci entra complètement : elle était toute rosée par le froid ; ses prunelles brillaient ; elle ne semblait pas embarrassée le moins du monde.

– Odette, que signifie ?... commença Mme Samozane toujours ahurie.

– On a sans doute donné congé pour les fêtes, fit observer sa sœur ; au fait, c'est assez naturel.

Sans répondre, encore cette fois, Odette, qui s'était élancée vers le foyer, tendait ses mains gantées à la flamme.

– Tantes, excusez-moi, je vous embrasserai tout à l'heure ; pour le moment, je suis réduite en glaçon, c'est à peine si je peux parler.

Mais le glaçon ne fut pas long à fondre, car la jeune fille s'éloigna bientôt de la cheminée et se jeta au cou de ces dames, puis, esquissa un entrechat de sa façon qui rappelait l'Odette des beaux jours.

– On a bien fait de vous donner congé pour cette belle fête, dit Mme Samozane toute réjouie, elle aussi, et oublieuse déjà des accès d'humeur noire de cette chère pupille si fantasque.

Odette s'arrêta net.

– Congé ? Ah ! bien oui ! Si vous croyez qu'on a eu cette bonne idée ! Les pauvrettes ! (je parle de mes compagnes), elles sont encore en cage pour la semaine.

– Mais toi, alors ?

– Oh ! moi, je me suis donné de l'air, j'ai pris la clef des champs.

Inquiète, tante Bertrande se rapprocha.

– Tu ne veux pas dire que tu t'es sauvée ? fit-elle.

Un peu confuse, Odette répliqua :

– Mon Dieu ! si ; tantes, ne grondez pas. Vous n'avez pas idée de ce que le couvent me pesait !

– C'est pourtant toi qui as voulu y entrer.

– Oh ! ce n'est pas la seule... boulette que j'ai commise en ma vie, dit Mlle d'Héristel très décidée à convenir de ses torts, cette fois ; ni le seule regret que j'aurai, bien certainement.

Roger Dombre

– Au fait, et ta malle ?

– J'ai prévenu ces dames qu'on ira la chercher après-demain.

Et, en elle-même, la fine mouche ajouta :

– Ça va comme sur des roulettes : mes tantes me parlent de malle, c'est donc qu'elles acceptent ma... fugue comme définitive.

– Tu as averti tes maîtresses, en t'en allant ? fit observer Mme Samozane.

– Ah ! j'oubliais justement de vous le dire, tantes ; je suis une fille pleine d'à-propos. Une fois hors de la... geôle, et afin que la surveillante de mon dortoir ne pousse pas les hauts cris en trouvant mon lit vide ce soir, j'ai envoyé un petit bleu à Mme la Supérieure pour lui apprendre que la vie de pension ne me convenant pas et me sentant près de tomber malade, je partais sans crier gare et rentrais au sein de ma famille, mon vrai bercail.

– Elle en fera une maladie, la pauvre femme, murmura Mme Samozane, ne sachant si elle devait se fâcher.

– Oh ! soyez tranquille, elle sera si bien soignée, répliqua Odette d'un air point du tout repentant.

Puis, soudain, se dirigeant vers la porte :

– Si mon oncle n'est pas encore couché, puis-je aller lui souhaiter le bonsoir ?

– Non, c'est-à-dire, oui... Il travaille, mais je ne sais trop comment il te recevra.

– Comme vous m'avez reçue, chères tantes, riposta l'enfant terrible qui avait encore moins peur du tuteur que des tutrices.

Elle avait raison.

M. Samozane daigna suspendre sa lecture pour regarder sa nièce de haut en bas, puis de bas en haut, en murmurant :

– Ça devait arriver.

Mais pourvu qu'elle nous revienne comme il y a un an, et non comme il y a trois mois ! pensa le savant.

– As-tu dîné ? fit-il tout à coup avec sollicitude.

– Maigrement, oui, mon oncle.

– Veux-tu qu'on te serve un petit souper ?

Chapitre XII

Odette prit un air scandalisé :

– Une veille de Noël, jour de jeûne et d'abstinence ? Oh ! mon oncle, que votre mémoire est infidèle.

– C'est juste, fit M. Samozane sans s'émouvoir. Tu as vu tout ton monde ?

– Rien que les personnes sérieuses.

– C'est peu.

– Quant aux enfants, dit Odette sans sourciller, je leur réserve l'embrassade pour demain, au retour de la messe.

– Alors, va te coucher.

– Oui, mon oncle. Mon lit sera tout de même meilleur que celui...

– Oui, je n'en doute pas. Va, petite.

Odette alla à la porte, puis revint.

– Vous ne m'en voulez pas, mon oncle ? dit-elle, une main sur l'épaule de M. Samozane qui reprenait son livre.

Il releva les yeux.

– Moi ? Pourquoi t'en voudrais-je ?... Ah ! oui, pour ton escapade ?... Au fait !...

Il posa le volume souvent feuilleté, prit un air sérieux et poursuivit :

– Je ne conçois pas, mademoiselle, que vous vous soyez permis...

Un joli éclat de rire, tout cristal et or, l'interrompit net.

– Je sais la suite, adieu, mon cher tuteur !

Le lendemain matin, tout le monde étant de retour de la messe et le chocolat fumant sur la table de la salle à manger, Gui qui entrait en chantant, s'arrêta court :

– Odette ! s'écria-t-il.

– Eh ! oui, Odette, répondit l'espiègle en tendant sa joue au baiser fraternel.

Derrière Gui, venaient les demoiselles Samozane toutes frileuses dans leurs jaquettes fourrées ; mais, les yeux perçants d'Odette ne découvrirent pas l'aîné de la famille, et son minois se rembrunit, si bien qu'elle faillit ne pas être aimable avec ses cousines.

Les jeunes filles s'embrassèrent. Robert parut enfin.

– Tiens ! Odette ! fit-il à son tour, plus ému qu'il ne voulait le

Roger Dombre

laisser voir. On t'a envoyée à nous pour cette fête ? Tant mieux, mignonne ; la réunion n'eût pas été complète sans toi.

– Elle tient assez de place, la Révérende Mère ! murmura Gui, sans rire.

Odette se retourna vers lui, sérieuse, mais sans colère.

– Je t'en prie, ne m'appelle plus comme ça, supplia-t-elle.

– Tu as jusqu'à quand, de vacances ? demanda Robert en se versant du thé.

Ici, Mlle d'Héristel se sentit rougir.

Elle qui n'avait pas eu peur d'annoncer son brusque retour à son oncle et à ses tantes, elle n'osait plus tout avouer à son cousin.

Ce fut Gui qui, à son air gêné, devina la vérité.

– Elle s'est enfuie d'Auteuil ! s'écria-t-il.

Et comme Odette ne protestait pas.

– Serait-ce vrai, Odette ? demanda Robert, cachant une grande envie de rire sous un masque rigide.

– Oui, murmura-t-elle, le front baissé.

Puis, éclatant soudain :

– Avec ça que c'est amusant, le couvent, quand on a seize ans, l'habitude de faire... à peu près ce qu'on veut...

– Oh ! tu peux même dire : tout ce qu'on veut, rétorqua Gui, qui mangeait à belles dents ses rôties beurrées.

– Non, la place d'une fille de mon tempérament n'est pas là...

– Personne ne t'a jamais dit le contraire, Odette, interrompit froidement Robert ! Ce n'est pas nous qui t'avons internée à Auteuil, que je sache !

– Je ne dis pas... commença humblement Mlle d'Héristel.

– Seulement, continua le jeune homme sans la regarder, je trouve que tu abuses singulièrement de la mansuétude de mes parents.

– Moi ? fit Odette, relevant la tête, étonnée.

– Oui ; tu sembles prendre leur demeure pour une auberge ; tu en pars quand il te plaît, sans crier garc ; tu y rentres à ta guise, sans aucune considération non plus...

– Dans la gêne, il n'y a pas de plaisir, souffla Gui entre deux bouchées.

Ss sœurs seulement sourirent.

Très rouge, des larmes lui montant aux yeux, Mlle d'Héristel comprenait la justesse de l'observation.

– Alors, demanda-t-elle, la voix étranglée par la confusion et le chagrin, tu veux que je retourne là-bas... aujourd'hui même ?

Robert se contint pour ne pas l'embrasser, tant elle était gentille ainsi.

– Oh ! non, Odette, répliqua-t-il avec émotion, il nous en coûterait trop, à tous, de te voir repartir. Je m'attendais bien à ce que tu nous revinsses bientôt, mais... pas de cette manière. À présent, je crois que la leçon t'a suffi ; ne parlons pas davantage de cela un jour comme aujourd'hui, et puisque mes parents qui sont toujours trop bons, ne t'ont pas grondée, je ne veux pas, moi, te morigéner.

Chapitre XIII

« Sérieusement, je vais devenir une grande sainte, et je crois que j'en prends le chemin ; doucement, il est vrai, mais j'y arriverai.

Voici, pour le moment, mon règlement de vie, moins difficile dans la forme que celui du couvent des Auxiliatrices du Bien, mais malaisé au fond quand on vit dans le monde.

Lever : Huit heures en hiver. Toilette sommaire. Sept heures et demie en été.

Et même, pourquoi pas sept heures ?

Puis, travail. »

....

Nous devons à la vérité de dire que ce programme fut suivi *deux jours* par celle qui l'avait tracé, avec l'intention formelle de le respecter ponctuellement.

Que voulez-vous ? On n'est pas parfait.

Toute la famille étant au courant de la chose, à la fin de la semaine, Gui fit observer d'un air affligé qu'Odette avait mauvaise mine.

– C'est sans doute de se lever trop tôt, ajouta-t-il ingénument.

Roger Dombre

Il n'ignorait pas que Jeanne et Blanche avait dû, un peu avant neuf heures, aller relancer dans son lit leur cousine qui dormait à poings fermés.

Le piano fut étudié à peine vingt-cinq minutes, et « très sérieusement » : des valses, le ballet de *Coppélia* et les *Cloches de Corneville* au lieu de Beethoven et de Haydn.

Quatre points en tout et pour tout allongèrent considérablement la broderie commencée un an auparavant par Mlle d'Héristel.

Par exemple, elle sortit beaucoup, tantôt avec ses tantes, tantôt avec ses cousines, plus souvent avec Euphranie.

Elle rentrait toujours les mains pleines de menus paquets, présents destinés à son entour, car elle était libérale.

Les tantes ne manquaient jamais de fleurs, ses cousines de colifichets, les hommes de cigares ou cigarettes.

Personne n'osait lui faire de reproches sérieux sur sa prodigalité ; seul, Robert secouait parfois les épaules et murmurait :

– Cette petite sème l'argent comme si elle était millionnaire.

Un jour, il fit observer à la pupille de son père qu'elle ne resterait peut-être pas toujours riche et qu'il serait bon pour elle d'apprendre à réprimer ses fantaisies.

Elle lui rit gentiment au nez pour toute réponse.

Gui lança, riant aussi :

– Pauvre Nénette ! elle qui ne dépense pas le quart de ses revenus.

Le père et le fils aîné échangèrent alors un regard que Mlle d'Héristel saisit au passage et qui la rendit pensive un instant.

Que voulaient-ils se dire par là ?

Depuis longtemps, les soupçons qui avaient travaillé sa petite cervelle, après le sommeil semblable à la mort dont elle avait été victime, ne hantaient plus son esprit.

Pour le moment, tout allait bien.

Les jeunes filles vivaient en paix, comme trois sœurs ; Mme Samozane traitait sa nièce comme ses propres enfants ; tante Bertrande ne grondait pas trop.

Gui était amusant ; Robert exquis.

Chapitre XIII

Seul, l'oncle Valère avait souffert de la mauvaise saison ; il toussait et avait un peu d'asthme.

Il dit mélancoliquement un jour, en se mettant à table, qu'il ne se sentait plus bon à rien, pas même à gouverner une endiablée pupille et que... si Robert voulait bien...

Robert voulut bien et se chargea, à la place du père impotent, de conduire tout ensemble les intérêts de Mlle d'Héristel dans une voie raisonnable, et Mlle d'Héristel elle-même.

Quant à Odette, on ne lui demanda pas son avis.

– Tu vas perdre au change, cousinette, lui dit Robert en souriant.

– Qui sait ? fit-elle d'un geste coquet de sa mignonne tête.

Gui pouffait de rire dans sa serviette tout en offrant ses condoléances à son frère.

Chapitre XIV

Il arriva cependant que, ainsi que l'avait si pittoresquement dit le fils cadet de Samozane, la tutelle de Mlle d'Héristel devint pesante au nouveau tuteur, expérimenté peut-être, mais enclin à la faiblesse, à l'indulgence envers la pupille.

Comme nous l'avons dit, la fortune d'Odette, sagement placée pourtant, courait des risques sérieux à cause d'un procès intenté aux d'Héristel par un parent éloigné, qui n'avait peut-être pas de prétentions tout à fait illégitimes.

Un legs fait jadis au père de la jeune fille, enrichissant tout d'un coup celui-ci, avait été rédigé maladroitement ; c'était ce manque de formes exigibles qu'évoquait le demandeur pour faire casser le testament et pour, du même coup, déposséder l'héritière.

Or, toujours pour ne pas ternir la joyeuse sérénité de cette insouciante enfant, personne ne lui en parlait, ce qui était un tort.

« Il sera toujours temps de lui apprendre l'étendue de son malheur, si malheur il y a, quand la catastrophe aura eu lieu », disait Robert.

Sans l'approuver totalement, tout le monde faisait comme lui ; du reste, qui donc eût causé « affaires » avec Odette ? Dès qu'on énonçait des chiffres devant elle, elle se sauvait en se bouchant les oreilles.

– Seulement, disait assez sensément Mme Samozane, apprenons-lui à modérer ses caprices et à réfréner ses dépenses. Si jamais la pauvre petite se voit réduite à la portion congrue (ce qui lui reviendrait de sa mère est si peu de chose : quinze cents francs, peut-être), elle en souffrira beaucoup, n'étant pas accoutumée à l'économie.

Ce serait lui rendre service que de lui insinuer d'avance que toute fortune est sujette à des fluctuations et à des revers.

– Bah ! fit Gui, aussi insouciant que sa cousine, pour lui comme pour les autres ; la sécurité présente est déjà beaucoup ; qu'elle y croie donc le plus longtemps possible, c'est toujours cela de gagné sur l'ennemi.

Et l'on commit la faute grave de laisser Odette vivre en petite princesse, choyée, gâtée, admirée et réellement aimable avec sa jolie frimousse et ses répliques jamais banales.

S'apercevait-elle, même, que la petite pension mensuelle attribuée à ses menus plaisirs avait diminué ? Mon Dieu ! non ; se voyant arrivée plus vite au fond de sa bourse, elle se figurait avoir dépensé davantage.

Chapitre XV

« La petite fête des Riserol a eu lieu, très réussie à ce qu'ils disent tous ; mais je n'en ai pas été satisfaite comme je me le figurais.

Je ne suis cependant pas encore blasée sur ce genre de plaisir, moi qui commence à peine « à sortir », pour parler le langage d'aujourd'hui.

D'abord, j'espérais que tous les messieurs seraient fous de ma robe, et je crois que beaucoup l'ont regardée comme si elle était en simple calicot ; comme si, également, Mlle d'Héristel ne valait pas la peine d'être un peu admirée.

Pourtant, depuis que je suis sortie du couvent, (que j'y enlaidissais, Seigneur !) je n'ai plus les mains rouges, ce qui est un point capital.

Je suis obligée d'avouer que, si je ne les recherche pas, ce qui est indigne d'une femme intelligente et comme il faut, je ne crains pas les compliments.

Or, l'autre soir, ils ne sont pas tombés en masse sur ma personne, les compliments. À quoi donc servait alors ma jolie robe moirée ? Moi qui l'avais achetée fort cher, non seulement pour taquiner ma tutrice et savourer la douceur du fruit presque défendu, mais aussi parce que sa teinte m'allait... comme un gant.

Encore une fois, c'était bien la peine : Robert ne l'a pas même regardée, lui dont j'estime le jugement, car il a un goût sûr et délicat.

Il ne fait donc plus attention à moi ?...

Peut-être que chez les Riserol il a découvert une autre héritière plus riche que Mlle d'Héristel.

Dieu ! que je suis méchante et que voilà une phrase que je voudrais effacer ! Comment puis-je avoir de telles idées ?

Mlle Dapremont et Miss Hangora, qui ne se quittent toujours pas, étaient chez les Riserol, l'une en foulard paille, l'autre en bleu vif.

On la trouve jolie, cette *chère* Antoinette ; moi, c'est drôle, je ne me sens pas portée à tant d'indulgence pour sa personne.

Il faut avouer que sa robe paille lui allait bien.

Robert le lui a peut-être dit, lui qui n'a pas soufflé mot de la mienne. »

Chapitre XVI

Euphranie et Mlle Dapremont étaient décidément destinées à jouer un rôle néfaste auprès de Mlle d'Héristel ; l'une involontairement, par pure ignorance ou par bêtise ; l'autre, mue par le secret désir de détacher Odette de Robert sur lequel elle avait jeté son dévolu.

Non qu'elle fût réellement une méchante fille ; mais la meilleure ne devient-elle pas un peu cruelle dès que son cœur est en jeu ?

Or, depuis quelques mois, Antoinette trouvait Robert Samozane fort à son goût ; elle possédait une dot modeste et le jeune homme n'avait d'autre fortune que celle qu'il gagnerait par son labeur et son intelligence vraiment remarquable.

Mais, Mlle Dapermont n'avait pas les penchants coûteux d'Odette d'Héristel ; de plus, elle se jugeait elle-même fort au-dessus de

« cette petite fille » étourdie et vaine, donc fort incapable de faire le bonheur d'un homme sérieux.

– Tout au plus, serait-elle bonne pour ce pauvre Gui qui mérite encore mieux, se disait-elle en voyant ces deux fous rire et jouer ensemble comme des enfants.

Chaque année, aux vacances, les Samozane louaient une modeste villa en pleine campagne, pas trop loin de Paris cependant, où les jeunes filles, anémiées par les chaleurs estivales, reprenaient des couleurs et de l'appétit, où les jeunes gens se reposaient de leurs travaux de l'année.

Mlle Dapremont s'y était vu inviter, ou plutôt s'y était fait inviter quelques jours, et elle remarquait, avec une secrète joie, que Robert semblait plus assidu auprès d'elle que l'an dernier.

Cela n'était pas, en réalité ; ou, du moins, l'aîné des Samozane souvent retenu au dedans par des pluies fréquentes de ce mois d'août-là, prenait plaisir à écouter la musique que faisait Antoinette. Meilleure pianiste, (sans être d'une grande force), qu'Odette d'Héristel et que les demoiselles Samozane, médiocres en tout, elle s'appliquait adroitement à jouer les morceaux préférés du jeune homme en même temps que ceux où elle pouvait briller sans trop de peine.

Eh ! mon Dieu ! pourquoi Robert, qui aimait la musique et qui en était un peu sevré chez lui, n'eût-il pas goûté celle de cette femme complaisante et sensée, comme il paraissait goûter ses entretiens généralement sérieux ?

C'est ce que, adroitement, la belle Antoinette avait soin d'insinuer à Odette, quand elle pouvait saisir cet oiseau farouche.

Un jour, Mlle d'Héristel interrogea Euphranie au sujet de leur invitée.

La vieille femme, maladroite sans le vouloir, s'écria :

– Je serai contente quand cette demoiselle sera loin d'ici et ne fera plus le joli cœur auprès de M. Robert.

– Sans doute qu'elle plaît à mon cousin, fit Odette avec un soupir. Et puis, tu as beau dire, Nanie, elle a du charme.

– Peuh ! en a-t-elle tant que ça ?

– Elle a une si belle taille, et des mains, et des pieds !...

Chapitre XVI

– Pas plus que vous, mademoiselle.

Odette se mit à rire.

– Non, pas plus que moi comme nombre, mais autrement bâtis.

– Enfin, je maintiens qu'il n'y a pas à vous comparer à elle, mon petit ; de plus, vous êtes riche, et elle, paraît qu'y n'y a rien de trop.

– Elle a de la chance ; au moins, elle ne pourra pas dire qu'on l'épouse pour son argent. Tandis que moi !...

– Oh ! vous, il y a de quoi, heureusement pour vous. Mais vous avez autre chose avec, mademoiselle, qui fait désirer aux beaux messieurs de s'épouser avec vous.

Sur ce, Odette alla jeter un coup d'œil au dehors et s'assurer que Mlle Dapremont n'était pas en train de causer ou de faire une lecture intéressante avec Robert.

Ne pouvant s'éterniser à Chaville, celle-ci partit, avec regret sans doute, sans emporter d'espoir bien précis, mais avec la consolation d'avoir « jeté des jalons », c'est-à-dire d'avoir insinué à Odette d'Héristel qu'elle ne « ferait jamais l'affaire » de son cousin Robert.

Tout ceci ne laissa pas que d'inquiéter la pauvrette. Des idées bizarres lui traversaient la cervelle et, quoiqu'elle connût le noble caractère et l'orgueil de l'aîné des Samozane, elle se demandait parfois si, malgré son désintéressement, il n'escomptait pas l'avenir et ne fondait pas des espérances sur la fortune de la petite cousine.

S'il n'épousait pas Mlle Dapremont (ce qui ravirait Odette), c'était parce qu'il la trouvait trop pauvre.

S'il l'épousait, il se montrait peut-être plus désintéressé ; mais il devait avoir une idée de derrière la tête.

Dans ces conditions-là, l'été ne pouvait passer agréablement pour Odette.

Quand Mlle Dapremont fut partie, voyait-elle Robert demeurer pensif et inoccupé, ce qui lui arrivait rarement, elle se disait :

« Il rêve à elle, il la regrette, il s'ennuie sans elle. La musique et les lectures dont elle le berçait lui manquent. »

Moi, je n'ai pas ainsi le talent de l'intéresser, et je ne veux pas essayer de le faire : j'aurais l'air de chercher à imiter Antoinette.

Un malaise planait donc sur le petit cercle des Samozane, toujours à cause d'Odette qui n'était plus comme autrefois.

Chapitre XVII

– Odette, veux-tu que je t'emmène ?

– Je veux bien, avait répondu Mlle d'Héristel.

– J'essaie le nouveau cheval de mon ami Bertheret ; il n'est pas très commode. Tu n'auras pas peur ?

– Ah ! Dieu ! non, fit Odette, indifférente.

Elle acceptait cette promenade avec le cousin tuteur, comptant provoquer une explication, et même lui demander carrément s'il allait épouser Mlle Dapremont, ou bien s'il jouait simplement un rôle d'assidu auprès d'elle avant de prendre pour femme une héritière plus jeune... et... moins agréable sans doute.

Certes, ces idées saugrenues ne fussent point venues dans cette petite cervelle surexcitée, si Antoinette Dapremeont n'eût tenu à la pauvre enfant les propos que nous savons.

Et puis, le dépit, le chagrin s'en mêlant, Odette se montait l'imagination, s'incitant elle-même à se montrer dure et méchante.

Elle avait le plus grand tort.

Elle ne se doutait guère que, la veille, une lettre était venue à Chaville, concernant ses propres affaires en pitoyable état.

Le procès étant perdu, Mlle d'Héristel se trouvait réduite à la très minime pension qui lui venait de sa mère.

Mais tout ceci demeurait un secret entre les membres de la famille Samozane, sauf Jeanne et Blanche.

Robert avait stipulé formellement :

– Laissons la pauvre petite dans l'ignorance de ce désastre ; son insouciance de l'avenir est si douce ! Je me charge de lui servir la somme mensuelle de ses menus plaisirs en la diminuant sans qu'elle s'en aperçoive trop...

– Tu as raison, avait ajouté le père.

– Tu as tort, mais fais comme tu l'entendras, avaient soupiré les deux femmes.

– Il n'y a pas deux tuteurs de ton calibre sous la coupole céleste, avait conclu Gui.

Et personne n'avait ouvert les yeux à l'innocente pupille, guère innocente toutefois à cet instant où elle méditait la confusion de son cousin modeste.

Quelques remarques s'échangèrent d'abord, au début de la promenade, vagues de la part de l'un, mêlées d'insinuations peu bienveillantes de la part de l'autre.

Il arriva un moment où Robert fut obligé de descendre devant un atelier de charronnage pour y faire une commission qu'il ne pouvait confier à personne.

Un peu inquiet, il avait dit à sa compagne :

– Tiens les rênes, Odette, un peu fermes ; la bête s'est montrée docile jusqu'ici, mais je ne m'y fie qu'à moitié. Du reste, j'en ai pour une seconde.

– Oh ! tu sais, ne te presse pas, je n'ai pas peur, avait répliqué la jeune fille.

Mais, Samozane avait raison de se méfier.

D'abord, se sentant guidé par une main virile, le jeune cheval s'était conduit d'une manière exemplaire ; quand il ne se vit plus retenu que par les doigts frêles d'une fillette, il osa se montrer indépendant et rageur.

– Ho ! ho ! Doucement, doucement, faisait Odette, mais sans succès.

Puis, voyant reparaître son cousin sous la vaste porte du charron, elle voulut faire preuve d'adresse et de vigueur et asséna un léger coup du manche du fouet sur le rebord de la voiture.

Le bruit suffit pour affoler l'animal qui partit à fond de train, avant même que Samozane pût crier :

– Pour Dieu ! Odette, ne le taquine pas ; me voici !

Le danger n'était pas très grand, toutefois ; Mlle d'Héristel tenait les rênes le plus court possible et eut soin de diriger la bête capricieuse vers un pré non entouré de haies, par bonheur, qui verdoyait là-bas.

– Pourvu que cette prairie ne soit pas bordée d'une rivière ! pensa

Odette. Bah ! je connais Robert : il m'aura bientôt rejointe.

Ce fut ce qui arriva ; par malchance, la frêle voiture avait versé déjà et la jeune personne, fort humiliée, touchait le sol pas trop durement, mais dans un bouleversement de toilette et de coiffure, ce qui mit sa coquetterie mal à l'aise.

– Odette ! Es-tu blessée ? s'écria une voix mâle angoissée.

Preste, la coupable se relevait, très rouge et vexée.

– Non, je n'ai pas une égratignure, et le cheval non plus, paraît-il.

C'est une chance ; mais me voilà bien, avec mon chapeau défoncé.

– Qu'importent le chapeau et le cheval ! tu es saine et sauve, cela suffit. Combien j'ai été imprudent !... Tu pouvais être tuée...

Dans sa confusion un peu rageuse, Odette évitait de regarder son tuteur ; sans cela, à sa pâleur et à son trouble, elle aurait compris quelle place immense elle tenait dans son cœur.

Mais, hargneuse, elle murmura tandis qu'il relevait le cheval et la voiture à peine endommagée :

– Au fait, les imprudences réussissent parfois à qui les provoque.

– Que voulez-vous dire ? fit-il, étonné, ne comprenant pas et ne la tutoyant plus.

– Dame ! si j'avais trépassé dans... l'accident, vous héritiez de mes biens et pouviez épouser sans arrière-pensée la toute charmante mais peu fortunée Mlle Dapremont.

Elle débita cette petite méchanceté les dents serrées, la joue en feu, tout en rattachant sa chevelure dénouée.

Dans sa surprise et sa douleur, Robert faillit de nouveau laisser échapper le cheval.

– Oh ! Odette ! fit-il seulement.

Et, trop généreux pour ouvrir les yeux à cette ingrate enfant qui lui brisait le cœur, il se tut désormais, dédaignant de la détromper.

Elle sentit qu'elle l'avait froissé au-delà de tout, et elle eût donné les beaux cheveux dont elle était si fière pour rattraper ses méchantes paroles.

En retournant à la maison, au trot de l'animal revenu à de meilleurs sentiments, les promeneurs ne prononcèrent pas un mot.

Chapitre XVII

Il avait le cœur trop serré pour parler ; elle avait trop de regret de sa sottise pour oser même murmurer une phrase d'excuse.

« Il ne me pardonnera jamais ! se disait-elle. Et il aura bien raison, hélas ! Je ne sais quel démon m'a poussée à dire une chose que je ne pensais pas du tout... Certes non, pas du tout. Et je l'ai irrévocablement et irrémédiablement blessé... Tout cela, c'est la faute de cette vilaine Antoinette Dapremont que je déteste. Si elle n'existait pas, je ne serais pas jalouse d'elle et rien d'ennuyeux n'arriverait. »

Elle retint un petit sanglot qui lui montait à la gorge ; soit par un reste d'orgueil, soit de crainte d'étonner Robert, elle ne voulait pas qu'il s'aperçût de sa détresse morale.

Mais, s'en serait-il aperçu seulement ?

Pensif, enfoncé dans ses méditations, Samozane ne semblait même pas s'apercevoir que sa pupille occupait le siège à côté de lui, un peu meurtrie par sa chute et beaucoup plus, moralement, par son incomparable maladresse.

Gui seul, assista à leur morne retour.

– Bon ! pensa-t-il en les voyant descendre l'un après l'autre de voiture sans aucune de ces attentions, de la part du cavalier, dont Robert était coutumier. Voilà déjà le pauvre tuteur qui a maille à partir avec l'endiablée pupille. Quand je lui prédisais que ses nouvelles fonctions ne seraient pas d'une suavité enviable !

Odette ne parut pas au déjeuner.

– Le soleil lui a fait mal à la tête, expliqua simplement Robert, sans voir les sourires que ces paroles amenaient sur les lèvres de tous. Ce jour-là, le ciel demeurait couvert sans laisser pénétrer le plus pâle rayon jusqu'aux pauvres mortels.

Odette se montra le soir seulement au dîner, mais si pâle et silencieuse, avec des yeux si rougis et l'air tellement absorbé, que tous la crurent, en réalité, victime d'une migraine atroce.

Gui, qui manquait rarement l'occasion de mettre ses vastes pieds « dans le plat », pour parler son propre langage, eut soin de s'enquérir de la promenade matinale.

S'était-on amusé ?

– Beaucoup, répondit le tuteur, avec une âpreté qui lui était si peu habituelle que tous le regardèrent avec étonnement.

Odette baissa le nez, contemplant avec attention son assiette de porcelaine vierge de mets.

– Le cheval s'était-il bien comporté ?

– Mieux qu'on ne l'espérait.

Guy cessa d'interroger.

Décidément, il s'était passé quelque chose.

Un froid planait sur l'assemblée, rieuse encore naguère.

N'entendant pas causer les autres, M. Samozane dégustait son repas en silence ; Mme Samozane, affligée, promenait son regard effaré de sa nièce à son fils aîné ; tante Bertrande se répandait en soupirs ; Jeanne songeait à M. de Grandflair ; Blanche n'osait élever la voix.

« Si encore on savait pourquoi ils se sont chamaillés, pensait Gui, on y porterait remède. C'est bête comme tout, ces querelles ; au fond, je suis sûr qu'il n'y a pas de quoi fouetter un chat, mais ça n'est pas amusant pour nous, les jeunes, qui sommes obligés de prendre des airs à bonnet de nuit.

Odette boude... Non, ce n'est pas de la bouderie ; elle souffre ; et ce n'est pas de migraine non plus ; au moindre bobo, d'ordinaire, elle se plaint, devient câline, dolente, aime à se faire dorloter... Aujourd'hui, ce n'est pas cela. Pardieu ! Je le sais ! Robert a profité du tête à tête pour lui apprendre que sa fortune s'est fondue, évaporée dans les brouillards ; et, ma foi ! ce n'est jamais agréable à savoir, cette chose-là ! »

Au premier moment libre, le jeune homme attira son frère à lui.

– Dis donc, mon vieux Bob, tu lui as dit ?... Elle sait ?... Voilà pourquoi elle nous fait la tête...

– De qui parles-tu ? J'ai dit quoi ? fit Robert ahuri.

– Tu as dit à Nénette l'issue du procès ?

– Ah ! l'issue !...

Une seconde, Robert hésita. Quelle belle revanche que d'instruire, en effet, l'ingrate, de sa triste situation nouvelle ! Combien elle serait mortifiée et rendrait enfin justice à celui qu'elle avait si cruellement blessé !

Chapitre XVII

Mais non ; cela était indigne de Robert.

Se redressant, un peu brusque, il répliqua :

– Mais, pas le moins du monde. À quoi vas-tu penser ? Il n'est pas temps encore de tout lui dire. Je te répète qu'elle a mal à la tête, voilà tout.

Chapitre XVIII

« J'ai commis, il y a vingt-quatre heures, la plus vilaine action de ma vie, qui est déjà bien trop longue, puisque je suis si malheureuse.

Oui, je voudrais être morte, mais cette fois, morte pour de bon, et non bêtement à moitié ainsi qu'il y a un an bientôt.

Comment ai-je pu être si cruelle, si stupide en même temps, pour dire à Robert ce que j'ai osé lui dire ?

Le diable était en moi, qui parlait par ma bouche, certainement, car Odette d'Héristel insinuer à Robert Samozane qu'il aime l'argent jusqu'à la bassesse, c'est le fait d'une folle ou d'un démon.

Je crois que je suis les deux, en vérité !

Pauvre Robert ! Il n'en revenait pas, lui, et me regardait avec des yeux à la fois si tristes et si ahuris, que j'en ai eu le cœur transpercé, que j'aurais voulu me couper la langue pour le punir.

J'ai bien essayé de réparer ma sottise, de me rattraper ; mais... ah ! bien oui !... Mes vilaines paroles n'étaient pas tombées dans l'oreille d'un sourd, et Robert a l'ouïe aussi sensible que l'âme.

Mon Dieu ! et moi qui, depuis longtemps, lui avais fait en secret l'offrande pure et entière de mon cœur d'enfant, quelle contenance garder en face de cet ami si cher, que j'ai gravement blessé ? Que faire, désormais ?

Il ne peut jamais se départir de cette courtoisie raffinée qui lui est naturelle, qui lui donne tant de séduction et dont il use envers toutes les femmes, à commencer par sa mère, sa tante, ses sœurs, moi. Mais je sens bien que, sous cette politesse, se cache, à mon égard, un profond dédain, peut-être un complet détachement.

Je ne lui en veux pas ; c'est son droit, tout autre penserait comme lui, à sa place ; mais que cela m'est dur !

Roger Dombre

Et, maintenant, me voilà malheureuse pour le restant de mes jours, comme dit Euphranie.

Je l'ai mérité, je ne murmure pas. En somme, tout cela vient de la ridicule crise léthargique où j'ai laissé, je crois, le peu de bon sens que je possédais.

Adieu, mes belles années d'insouciance et de gaieté, années inoubliables dont je n'ai pas assez remercié Dieu !

Je sens en moi un petit cœur jaloux, exclusif, auquel il ne fait pas bon toucher et qui se rebiffe au moindre choc.

Mais, Robert l'a-t-il jamais heurté ? Je dois confesser que non.

C'est moi qui, sottement, après mon accident, par des lambeaux de réflexions récoltées çà et là, me suis forgé des chimères ; ensuite est venue cette ennuyeuse Antoinette Dapremont que le ciel confonde ! J'ai été jalouse d'elle ; je lui ai envié ses talents, sa sagesse ; je trépignais de voir Robert prendre plaisir à ses causeries...

Et voilà le résultat ; belle vengeance, en vérité, qui me retombe dessus et m'écrase douloureusement.

Ce qui m'est le plus pénible, c'est le sentiment d'avoir peiné un être bon, loyal, désintéressé, qui ne l'a jamais mérité.

Ah ! comme on est cruellement punie parfois pour avoir parlé plus vite qu'on ne voulait ! »

Chapitre XIX

À quelques jours de là, Robert Samozane, qui avait eu de fréquents entretiens avec son père et sa mère, se mit à faire allusion à un départ prochain et à une absence sans doute prolongée.

– Où vas-tu donc, Bob ? demanda Jeanne surprise. Nous devances-tu à Paris ? En ce cas, la séparation ne sera pas de longue durée : nous voici en octobre.

Sans regarder Odette qui, un peu pâle, jouait avec ses bagues, Robert poursuivit :

– Mes sœurettes, je n'ai plus de secret à garder avec vous, et je vous annonce que je pars... pour Marseille...

– Ce n'est pas tellement loin ! murmura Blanche, et l'on en revient vite.

– Non, ce n'est pas loin, aussi ne ferai-je que passer dans cette ville ; je m'embarquerai le jour suivant...

– Pour un voyage au long cours, fit Guillaume, au courant de la nouvelle depuis peu, et essayant de plaisanter quoiqu'il n'en eût guère envie.

– Hélas ! soupira Mme Samozane en baissant les yeux pour dissimuler les larmes qui y montaient.

– Voyons, pas d'erreur, reprit Robert très grave ; il ne s'agit point d'un voyage au long cours, comme l'insinue ce fou de Guy ; la Société de Géographie envoie une mission... utile au Soudan ; j'ai demandé à en faire partie ; vous le savez tous, j'ai mes brevets d'ingénieur et si, jusqu'à présent, je ne m'en suis guère servi, tournant mes aptitudes d'un autre côté, je compte bien maintenant me féliciter de les avoir acquis. Nous ne perdrons pas notre temps là-bas, je l'espère.

– Non, mais vous pouvez y perdre votre santé, murmura la pauvre mère, navrée.

– Je suis robuste, protesta Robert en souriant.

Plus bas, il ajouta :

« Et qu'importe la vie, une fois qu'on en a fait le sacrifice ! »

– Mais, quand reviendras-tu ? demanda Jeanne, angoissée elle aussi.

– Le sais-je ? Dans deux ans, trois ans au plus... Aujourd'hui, les voyages se font si rapidement.

– Tu appelles cela rapidement ! fit Blanche.

Seule, Odette ne soufflait mot, quoiqu'au fond, elle eût envie de crier de douleur et de remords, car elle pensait :

« Bien sûr, c'est moi qui le fais partir. Il ne peut se souffrir dans un lieu où il rencontre à chaque instant une créature horriblement méchante qui l'a calomnié et blessé à vif.

Décidément, il y a sur moi quelque chose de fatal, de maudit, qui fait que je suscite du mal à ceux que j'aime le plus ; et tout cela retombe sur moi ensuite. Ce n'est que justice. »

Le lendemain seulement, rencontrant comme par hasard son

cousin qu'elle savait au salon, Mlle d'Héristel s'approcha de lui et dit d'un petit ton contrit et désolé :

– Robert, est-ce que c'est... est-ce ce que c'est à cause de moi que tu t'en vas ?

Il sourit, d'un sourire à la fois amer et ironique, et répondit :

– Quelle idée, Odette ! Et pourquoi cela serait-il ?

– Mon Dieu ! tu te rappelles... l'autre matin... quand j'étais... sur l'herbe... à quatre pattes, comme le cheval, je t'ai dit des choses désagréables...

– Vraiment ? Je ne m'en souviens pas, fit Robert d'un air de suprême indifférence, en continuant à feuilleter une revue scientifique étalée sur la table.

Cette froideur voulue produisit plus d'effet sur la coupable que ne l'eussent fait les reproches les plus douloureux.

Elle fondit en larmes.

– Robert, qu'est-ce que je t'ai fait ?... Ah ! oui, je sais bien... des tas de sottises, de méchancetés ; et tu m'en veux, au fond. Mais tu ne te doutes pas... tu ignores...

Ici l'aveu ne pouvant venir, elle cria à travers de gros sanglots qui lui soulevaient la poitrine :

– Je suis bien malheureuse, va !

En voyant cette désolation sincère, ce repentir, cette confiance, il fut pris de l'envie folle d'attirer dans ses bras la petite créature si séduisante et si terrible à la fois, qui lui demeurait chère envers et contre tout ; il eut le désir de la consoler comme lorsqu'elle était petite et qu'elle souffrait ; de la bercer et de l'abriter sur sa poitrine, pour la défendre de tout mal.

– Ne pars pas, Robert, murmurait-elle toujours pleurante. Pense donc, si tu mourais là-bas, loin de nous ! Si c'est pour gagner de l'argent que tu veux entreprendre cet affreux voyage, ne t'en inquiète pas : je te donnerai tout le mien.

Pauvre chérie ! elle parlait de donner son argent, et elle n'en avait plus !

Il se contint pour ne pas l'embrasser. Mais non, pourquoi s'attendrir ?

Ne fallait-il pas quelle souffrît un peu, qu'elle pleurât parfois, cette jeune insoumise à qui tout souriait trop dans la vie ?

Elle cachait sa figure menue dans ses mains qui tremblaient, puis la relevant :

– Alors, c'est à moi de te laisser la place, Robert ; à moi de te rendre à tes parents, à ta vie de famille ; à moi de partir, enfin.

– Et tu irais où, pauvre petite ?

Elle demeura interdite une minute, puis soudain :

– Je travaillerai ! Je serai institutrice.

– Non, petite, abandonne cette idée. Écoute-moi plutôt. Essaie de travailler, de devenir instruite et posée. Ne perds pas pour cela ta belle gaieté...

– Ah ! oui, parles-en, de ma gaieté, mon pauvre ami !

– Si. Tu dois être rieuse et sereine, d'abord parce que tu es à l'âge où l'on rit, ensuite parce que...

– Parce que ? répéta Odette attentive et voyant qu'il s'arrêtait.

Un peu ému, il poursuivit :

– Si je venais à mourir, là-bas...

– Oh ! fit-elle en un mouvement d'angoisse.

– Mettons les choses au pire, il est plus sage de tout prévoir, enfant. Donc, si je venais à mourir, je te demande, Odette, d'être la consolation et la joie de mes parents.

– Comment pourrais-je être joyeuse, en ce cas, Robert ?

– Tu l'essaieras ; et d'ailleurs, c'est dans ta nature. Allons, je puis compter sur toi.

Alors, Odette d'Héristel comprit que la vie est parfois réellement triste.

Chapitre XX

On était de retour à Paris.

Rue Spontini, la vie avait repris son cours paisible ; mais si Mlle d'Héristel n'avait été si absorbée par son propre chagrin, elle aurait constaté avec étonnement que cette vie subissait des changements.

Roger Dombre

Ainsi, on ne gardait qu'une seule domestique en dehors d'Euphranie, servante inséparable d'Odette.

On prenait souvent l'omnibus, presque plus de voitures et l'on allait beaucoup à pied.

Les repas étaient tout aussi abondants, mais moins délicats que par le passé.

On n'avait pas renouvelé la garde-robe des demoiselles Samozane.

M. Samozane fumait de moins bons cigares ; ces dames usaient leurs vieux vêtements.

Gui n'achetait plus de romans pour, le dimanche, se reposer des *labeurs* de la semaine ; il n'allait plus aux courses ni au théâtre.

Mais, Odette ne s'apercevait de rien, ou, si parfois un changement la frappait, elle pensait, indifférente :

– Je conçois qu'on ne s'amuse pas en l'absence de Robert.

Il fallut une malencontreuse « distraction » de Gui pour ouvrir ces jolis yeux si bien fermés par l'ingénieuse bonté du jeune tuteur.

Un jour, Gui rentra... très gai, d'un lunch offert à l'issue d'un mariage où il avait quêté.

Il avait le champagne expansif.

– Ce n'est pas que j'en ai abusé, disait-il à Odette qu'il prenait pour confidente, l'ayant trouvée pensive, à la salle à manger, devant une carte d'Afrique étalée toute grande sur la table.

Ma foi ! non, je n'ai pas bu plus de trois cigarettes et pas fumé plus de cinq coupes... Non, je veux dire tout le contraire. Mais tu me comprends, toi, cousinette.

– Oui, oui, c'est bon, va-t'en ! fit Mlle d'Héristel impatientée, quoiqu'elle eût envie de rire, au fond.

– Oh ! mais, à propos, poursuivit le jeune fou, comme illuminé par un soudain souvenir, j'ai vu un de tes prétendants, chez les Mivières.

– Je n'ai pas encore eu de prétendants, tu rêves, mon pauvre Guimauve ; je suis trop jeune et pas assez aimable.

– Je te dis, moi, que Pierre Harvelet pensait à toi, l'hiver passé.

– Oh ! si peu !

Chapitre XX

– Mais ne le regrette pas, va, il n'en vaut pas la peine ; ce n'est pas un chic type.

– Pourquoi ? demanda Odette, amusée malgré elle.

– Voyons, un garçon qui disait, il y a une heure : « La petite d'Héristel me plairait encore, mais, je n'ai pas assez d'argent pour épouser une fille sans dot. »

– Et c'est de moi qu'il parlait ? fit Odette incrédule, en souriant.

– Bien sûr, en toutes lettres. Quand je te dis qu'il n'en vaut pas la peine !

– Il me croit donc sans fortune ?

– Dame ! tu n'ignores pas que tout se sait, et que les choses se colportent avec une facilité !... Non, c'est à croire que les gens n'ont qu'à bavarder, en ce monde. Bref, tu penses bien que l'histoire de ton procès perdu a vite fait le tour de notre petit cercle.

– Mon procès perdu ?... répéta Mlle d'Héristel en ouvrant de grands yeux.

– S'il n'y avait que le procès encore, tant pis pour l'avocat ! Mais tes pauvres sept cent mille francs rasés, envolés, fichus, pour parler le beau langage du siècle.

– Mais, qu'est-ce que tu racontes donc ? s'écria Odette un peu pâle, ne sachant si elle devait ajouter foi aux divagations de son cousin.

Avec un peu d'adresse, celui-ci eût encore pu reprendre pied ; mais, pour cela, son cerveau était trop embrouillé par le champagne, et, au contraire, il mit plus avant dans le plat ses respectables semelles.

– Oui, Robert nous avait recommandé à tous un silence absolu à ton égard sur ce désastre.

On devait attendre son retour pour t'apprendre délicatement que tu es pauvre. Mais à quoi bon. Il vaut mieux que tu sois prévenue.

Il croisa les jambes, prit une mine grave, et ajouta :

– N'empêche que j'ai fait une gaffe. Vois-tu, c'est le Rœderer qui en est cause. Sois gentille, Nénette, et pour ne pas m'attirer de désagréments, ne dis rien, n'est-ce pas ? tu feras l'ingénue jusqu'au jour où...

– Mais non, moi je veux savoir ! cria Mlle d'Héristel qui était toute blanche, mais qui doutait encore. Explique-toi, Gui.

Roger Dombre

Le jeune homme passa la main dans ses cheveux d'un air de fatigue.

– M'expliquer ?... Ah ! pauvre petite ! Ce sera dur ! Je sens que je ne suis pas éloquent, aujourd'hui.

Odette qui n'avait pas la moindre envie de rire, s'élança vers son cousin et, lui pressant énergiquement le bras, comme pour le ramener à la saine raison :

– Gui, parle ! Voyons, est-ce vrai ce que tu m'as appris ?

Il prit une attitude tragique :

– Je ne mens jamais, fit-il en étendant une main large et maigre, aux ongles nets et très longs. Comme Mucius Scaevola, je me laisserais griller vif, plutôt que d'altérer la vérité ; et lors même que je parviendrais à la maturité de Mathusalem (ce qui ne m'ennuierait pas si je restais bien conservé), mes lèvres ignoreraient le mensonge.

– Laissons là l'histoire ancienne, veux-tu ?

– Si je le veux ? J'ai fini mes études et, sans avoir positivement surmené mon cerveau, je désirerais le laisser reposer.

– Je te demande simplement si tu ne plaisantais pas en disant que je suis ruinée ?

– Va t'informer auprès de ma tante, ou de papa, qui est redevenu ton tuteur... Ou plutôt, non, ne leur demande rien : ils me gronderaient d'avoir été indiscret.

Puis, un peu dégrisé, étonné de l'expression désespérée qui flottait sur le petit visage de sa cousine :

– Non, vrai, Nénette, ça t'ennuie tant que ça, cette perte d'argent ? Je te croyais plus désintéressée.

Elle éclata.

– Tu ne comprends donc rien, Gui ?... Ce n'est pas d'être pauvre qui me navre. Mais, est-ce que le... l'accident était arrivé avant... avant... Enfin, avant le jour où je suis allée me promener avec Robert ?...

Gui enfonça ses deux mains dans son épaisse chevelure.

– Ça, tu sais... c'est assez difficile... Tu t'es promenée si souvent...

– Enfin, y a-t-il trois mois ?

– Il y a trois mois, j'en suis absolument certain, puisque...

Chapitre XX

– Bien, cela me suffit. Mon Dieu ! Mon Dieu ! Et moi qui lui ai dit...

– Oh ! je te pardonne, tu sais ; entre nous, ça ne tire pas à conséquence, fit Gui croyant qu'il était en jeu.

Elle faillit trépigner.

– Est-ce que je parle de toi, voyons ? Est-ce que je pense à toi seulement ?

– Merci, tu me combles.

– Ce pauvre Robert que, méchamment, j'ai accusé en face, de chasser à la dot... juste à l'heure où, me voyant dépouillée de mon argent, il s'ingéniait à me cacher le malheur, à me laisser ignorer que je devais à lui et aux siens jusqu'au pain que je mange !

– Oh ! ne parle pas de ça, Nénette, fit Gui qui n'avait entendu que la fin de cette phrase ; d'abord, tu en manges si peu, de pain ! et ensuite tu n'es pas réduite à la mendicité, sapristi ! tu possèdes le bien de ta mère.

– Une somme infime que je dépense et au-delà en colifichets, à satisfaire de stupides fantaisies. Non, quand j'y pense !...

Elle était blême, sa respiration s'arrêtait dans sa gorge ; elle fit signe au jeune homme d'ouvrir la fenêtre.

Il obéit mollement, en murmurant :

– Tu es verte, cousinette. Est-ce que tu te trouves mal ? Ah ! non, je t'en prie, ne remeurs pas ; une fois passe encore, mais deux, c'est ennuyeux ; et puis, je ne me sens pas la force de te ramasser, je suis un vrai poulet pour le moment.

Mais la petite nature énergique d'Odette d'Héristel reprit vite le dessus ; elle laissa là son bavard de cousin et, les jambes encore flageolantes, elle gagna sa chambre, se jeta sur son lit et pleura pendant deux heures consécutives, transperçant de ses larmes plusieurs mouchoirs et son oreiller.

Pendant ce temps, sérieux comme la statue de Napoléon aux Invalides, Gui allait trouver sa mère.

– Maman, dit-il humblement, je viens de faire une jolie gaffe.

– Parle comme il faut, si tu veux que je te comprenne, répondit Mme Samozane sans quitter des yeux son ouvrage.

Roger Dombre

– C'est que, mère, les mots « four, bévue, impair » ne me semblent pas assez forts pour qualifier ma bêtise.

– Grand Dieu ! qu'as-tu bien pu faire ? s'exclama la pauvre femme qui, cette fois, leva les yeux et, d'ahurissement, laissa tomber son aiguille.

Indolemment, Gui se mit à quatre pattes pour la chercher.

– Qu'est-ce que cette tenue ? demanda la mère, quand il eut repris à peu près sa position normale.

– Cette tenue, c'est celle d'un jeune homme chic qui a quêté à un mariage...

– Et bu un peu trop de champagne au lunch.

– Peut-être, maman, mais il fallait bien porter des toasts à la santé des nouveaux mariés.

– Soit. Dis-moi, maintenant, quelle sottise tu as commise ?

– J'ai trahi un secret de famille.

– Nous n'avons rien de caché ; notre vie est au grand jour.

– Auprès d'Odette, poursuivit Gui, d'une voix creuse. Je lui ai dit qu'à présent qu'elle a perdu son procès et son bien, les messieurs ne la trouveront pas si gentille.

– Tu pouvais t'en dispenser.

– Eh ! Je le sais bien, j'ai assez fait mon *meâ culpâ*, mère.

– Et Robert qui avait tant recommandé de nous taire jusqu'à son retour ! dit seulement Mme Samozane en reprenant son dé. Enfin, ce qui est fait est fait ; mais tu es un fameux bavard, mon pauvre garçon.

– Je n'avais pas très bien ma tête à moi.

– Tu n'as pas besoin de me le dire. Et, maintenant, je t'engage à aller te reposer.

– Je ne fais que ça depuis que je suis rentré. Alors, mère, vous ne m'en voulez pas trop de ma balourdise, puisque le mot gaffe vous agace ?

– Ah ! tu veux dire ?... Mon Dieu ! il n'y a que demi-mal, répliqua la mère après avoir cassé son fil avec ses dents. Au fond, je n'étais pas de l'avis de Robert ; je ne suis pas absolument fâchée que la petite sache un peu que la vie ne lui réserve pas seulement des

Chapitre XX

roses. À propos, qu'a-t-elle dit ?

– Qui ça ? demanda le jeune homme en étouffant un bâillement.

– Mais Odette ; voyons, où as-tu la tête ?

– Au-dessus de mon cou, mère chérie. Ah ! oui, Odette, elle est devenue bleue, noire, jaune, verte, et a crié je ne sais plus quoi. Elle paraît très navrée ; j'ai cru, un moment, qu'elle allait tourner de l'œil.

– Gui, voilà que tu parles encore argot !

– C'est pour ne pas oublier le seul idiome que mon professeur ne m'ait pas enseigné. Bah ! elle se consolera. Nénette d'Héristel, fille pauvre désormais et destinée, quoique jolie, à coiffer Sainte-Catherine. N'est-ce pas, maman, elle est jolie ?

– Qui cela ?

– Sainte-Cath... je veux dire, ma cousine Nénette.

– Oui, mais il y a mieux.

– Mieux, bien sûr, sous le rapport de la régularité des traits ; et elle n'aura jamais cinq pieds trois pouces, la chérie ; mais, je ne connais personne pour rivaliser avec elle du côté charme, grâce espiègle, finesse...

– Voilà que tu deviens lyrique, fit Mme Samozane, sans pouvoir s'empêcher de rire. Ne lui dis pas cela, au moins.

– À Nénette, pas de danger, mère. Vous savez bien que nous sommes tout le temps à nous disputer. Et puis, pour l'instant, les compliments ne tomberaient pas à pic ; elle doit être affreuse, la pauvrette.

– Quel tour lui as-tu joué encore ?

– Aucun, à part ce que vous savez. Mais elle est en train de pleurer comme une vigne ; elle doit avoir les yeux cramoisis, le nez rouge et les joues luisantes.

– Vraiment ? En ce cas, il faut que j'aille à elle, dit vivement Mme Samozane qui abandonna son siège et son ouvrage, et se dirigea vers l'appartement de sa nièce.

Elle trouva Odette à peu près dans l'état pittoresque dépeint par Gui, et attirant la jeune fille dans ses bras :

– Eh bien ! chérie, cela nous fait donc tant de peine de nous savoir appauvrie ?

Impétueusement, Odette embrassa l'excellente femme :

– Ah ! tante, non, ce n'est pas surtout cela, car au fond, plaie d'argent n'est pas mortelle, mais depuis ma ruine, puisque ruine il y a, je vis à vos dépens.

– Qu'est-ce que cela, mignonne ? Tu ne songes pas qu'auparavant, nous jouissions de ton bien-être ; donc, la réciproque est juste.

– Tante, je veux, maintenant, devenir très raisonnable...

– Tu l'es déjà... depuis peu, il est vrai, mais enfin cela t'est venu.

– Je ne veux pas dire seulement raisonnable sous le rapport de la dépense, mais, je travaillerai.

Longtemps, elles restèrent ensemble, l'une consolant l'autre ; mais Odette ne livra pas à sa tante le secret de son cœur.

Chapitre XXI

« C'est un peu dur, mais on s'y fait ; et puis, le sentiment du devoir accompli est une consolation.

J'ai repris le règlement de vie que, il y a quelques mois, j'avais suivi... deux jours, je crois, mais j'y ai apporté quelques modifications.

Dans l'après-midi, je me remets au piano et aux lectures sérieuses.

Ce n'est pas que cela m'amuse, mais je suis persévérante à présent, au grand ébahissement de Guimauve qui me prenait, je crois, pour un papillon à la cervelle absente.

Qui l'aurait cru ? En suant sang et eau, en m'armant d'une patience angélique et en y passant bien des heures diurnes et nocturnes, je suis parvenue à me faire un joli corsage tout simple, en panne claire et qui me va comme un gant.

Tante a dû me corriger un peu les épaules, mais elle m'a quand même félicitée.

Et me voilà prise d'un grand zèle pour entraîner mes cousines à nous fabriquer toutes sortes de joliesses qui nous économiseront les couturières et nous habilleront aussi bien qu'elles.

Sans avoir mon enthousiasme, Jeanne et Blanche se sont mises à l'œuvre et ne réussissent pas mal.

Guimauve se moque de moi, m'appelant Mlle la Jupière et la Corsagière, mais je demeure sereine sous ses railleries qui tombent à faux.

Mon oncle ne m'avait pourtant pas trouvé la bosse de la couture, et il s'en étonne.

Mes tantes n'en reviennent pas, elles.

Alors, qu'elles se préparent à mieux, je leur offrirai bien d'autres surprises.

Quant à Nanie, elle n'est pas éloignée de me prendre pour une fée et, afin de mériter cet éloge un peu trop pompeux, je lui ai fait, de mes blanches mains, une robe couleur capucin dont elle fait ses beaux dimanches.

....

Les jours passent.

Nous revoici à l'été ; mais cette année, par économie, nous n'irons pas à la campagne.

Qu'importe ! La proximité du Bois de Boulogne nous rend très supportable le séjour de la rue Spontini.

Je ne souffre de ce changement, moi, que pour les Samozane. Et encore ! Mon oncle est plus à même à Paris de poursuivre ses études phrénologiques.

Jeanne préfère rester ici, où elle a plus de chance de rencontrer M. de Grandflair.

Blanche adore se promener dans les rues et sur les boulevards.

Seules, mes tantes et Euphranie se verraient, je crois, avec plaisir, travaillant à l'ombre d'un acacia sans devoir, pour cela, passer une robe de rue et mettre un chapeau.

Guillaume est bien partout, lui, et sa bicyclette lui permet de tâter de la campagne presque tous les soirs, sans débourser un centime.

Reste moi.

Eh bien ! moi, que me font toutes choses, à présent ?

Si je l'avais voulu, j'aurais suivi à Dieppe les Fonterailles, anciens amis de mon père, qui ont cherché à m'y entraîner avec eux.

Roger Dombre

J'ai tenu bon.

D'abord, il m'aurait fallu des toilettes neuves pour me rendre sur une plage mondaine, et je suis devenue une personne trop économe pour me laisser aller à une dépense inutile à présent.

Ensuite, je ne consentirais pas à goûter un plaisir que ne partageraient pas mes cousines.

Ces pauvrettes, Blanche et Jeanne, n'en sont pas comblées, et je ne veux pas m'amuser à leur barbe (ce qui est une pure métaphore), quand rien ne m'y force.

Enfin, dernier et suprême argument, que je n'ai pas avoué par exemple, là-bas, je ne serais plus à bonne source pour avoir des nouvelles du voyageur.

Elles ne sont pas fréquentes, ces nouvelles, mais quand arrive le lointain courrier, on est si heureux de savoir tout de suite que l'exilé n'est pas mort ; qu'il a eu, dans sa tente, des hyènes veillant maternellement sur son sommeil ; qu'il les a expulsées au réveil, et que, à force de quinine, il combat la fièvre et la maladie de foie.

C'est égal, j'ai beau étudier, lire, coudre, faire de la musique, je trouve que les semaines sont d'une longueur désespérante et je voudrais être plus vieille de deux ans. »

Chapitre XXII

« Énergique décision.

Visite inattendue, d'abord.

Celle d'un parent... éloigné, mais qui aime à entretenir les relations de famille ; Hector de Merkar, qui occupe un poste supérieur dans une des premières maisons de banque d'Alger.

J'aime son caractère, un peu vif mais rond, franc, et son aspect est plutôt celui d'un militaire que d'un homme de finances.

À cinquante ans, il porte fièrement une haute taille un peu épaissie par l'âge, une belle chevelure grise, et le poids d'une nombreuse nichée.

Il a cinq enfants dont il parle beaucoup et avec émotion, et une femme dont il parle moins, sans aucune émotion.

Quand viennent les chaleurs, il passe la Méditerranée et dépose tout ce monde-là de l'autre côté de l'eau, dans le département de l'Isère, je crois, où Mme de Merkar a des parents.

À la chute des feuilles, ils retournent à Alger.

Et voilà que, cette année, Odette d'Héristel est invitée à partager le voyage, le mal de mer et la vie des Merkar dans la capitale de l'Algérie pendant la saison d'hiver.

J'ai commencé par refuser énergiquement, mais mon oncle et mes tantes m'ont raisonnée et j'ai fini par céder.

Je comprends leur insistance, ils espèrent que cela me guérira de mes idées grises ; car, si je n'ai pas absolument de « blue devils » comme disent nos voisins d'Outre-Manche, je ne suis pas toujours dans le rose, tant s'en faut !

Ils comptent donc sur la distraction, l'attrait du nouveau, pour faire de moi l'Odette d'autrefois ; pas la méchante, la gaie, bonne enfant, enfin.

Moi, ce n'est pas pour cette raison que je consens à suivre les Merkar dans leurs pénates.

Je deviens une fille très pratique, aussi, je remarque que l'on continue à me gâter comme lorsque j'étais riche ; je me dis donc que mon absence sera une économie pour les Samozane.

Ensuite, les voyages forment la jeunesse, instruisent, mûrissent ; je me formerai, m'instruirai, et mûrirai... pas trop, j'espère.

Les Merkar ont des enfants pourvus d'une institutrice, paraît-il ; mais, puisque je ne suis pas encore assez vieille pour gagner ma vie, je ferai là-bas, mon apprentissage, non de mère de famille, mais de « governess ».

J'apprendrai la manière de dresser les petits à l'étude sans les décourager ; je travaillerai le piano avec fougue si cela m'est facile, et je tâcherai d'acquérir d'autres talents qui me manquent.

Si je ne reviens pas d'Algérie, accomplie et armée de pied en cape pour *the struggle of life*, ce ne sera pas de ma faute.

Alors, peut-être, Robert me pardonnera-t-il ce qu'il n'a pas dû oublier encore...

Et Nanie, dans tout cela, que devient-elle ? Je laisse la chère vieille aux Samozane qui la traitent avec égards et auxquels elle se rend utile ; on l'a chargée de la cuisine, ce dont elle s'acquitte avec habileté et économie, de sorte qu'on n'a pas besoin de lui adjoindre une aide pour le reste.

Nanie se figure qu'en ce voyage je serai noyée, mangée par les requins ou par les baleines ; elle se figure aussi que, si j'en réchappe, je vais me rencontrer, nez à nez, au premier tournant de rue, avec M. Robert Samozane.

Pour elle, l'Afrique est si petite ! »

Chapitre XXIII

— Tu ne nous aimes donc pas, Nénette, que tu nous quittes, comme cela, sans regret ?

— D'abord, tu dis des bêtises, Guimauve. Sans regret ? Qu'en sais-tu ?

Ils causaient sérieusement tous les deux, Gui la tête en bas, les pieds en l'air, position très commode pour converser en se délassant, affirmait-il ; Odette assise, les coudes sur la table, très grave, sa mince figure dans ses mains menues.

— Et puis, continuait l'acrobate improvisé, tu vas aller sur l'eau ; il peut t'y arriver malheur, Nénette.

— Qu'est-ce que ça fait ? On ne meurt qu'une fois.

De stupéfaction, Gui reprit la position verticale.

— Tu as envie de quitter ce bas monde, toi, Nénette ?... s'exclama-t-il.

Elle secoua les épaules.

— Non, je ne souhaite pas encore cela ; mais enfin, si la mort venait, je ne me désespérerais pas.

— Dame ! tu en as déjà tâté : tu sais ce que c'est.

— Oh ! il y a si longtemps, et puis ce n'était qu'une contrefaçon, soupira Odette d'un petit air triste. Mais rassure-toi, Gui, la traversée que je ferai ne sera pas longue : vingt-quatre à vingt-six heures au plus.

— Tu ne vas pas te marier là-bas ? dit encore l'étourdi, très peiné par le prochain départ de sa cousine.

– Moi ? pour quoi faire ? répliqua-t-elle, distraite.

– Dame ! pour... Tiens, pour avoir un mari et des enfants.

– Ah ! je ne m'en soucie aucunement.

– Combien tu me soulages ! ne put s'empêcher de s'écrier Gui.

– Pourquoi ? fit encore Odette sincèrement étonnée.

– Ah ! voilà, c'est mon secret. Je te le confierai plus tard. Pour le moment, revenons aux Merkar. Savoir si tu te plairas, chez eux.

– Pourquoi pas ? Mon grand cousin est si gentil.

– Lui oui, mais sa femme ?

– Je ne la connais pas encore.

– Donc, prends garde !

– Son mari ne parle jamais d'elle, c'est peut-être preuve qu'elle n'est pas agréable.

Et, dans un élan de fervente exaltation, Odette ajouta :

– Tant mieux, si le mariage est désuni.

Gui la considéra avec des yeux si arrondis par la stupeur, que, rieuse, elle se hâta de poursuivre :

– Parce que, vois-tu, mon bon Guimauve, en ce cas, j'aurais quelque chose de bon à faire ; je me rendrais utile, j'apporterais la paix dans ce milieu troublé ; je m'y appliquerais, du moins.

Gui pouffa de rire.

– Non, c'est trop drôle ! Nénette raccommodeuse de ménages, je voudrais voir ça !

– Tu ne le verras peut-être pas, répliqua la jeune fille, toujours grave, mais cela pourra arriver.

Après un court silence, Gui continua :

– Là-bas, tu seras dévorée par les moustiques.

– Merci. Cesse de parler, Gui, si c'est pour abîmer tous les pays que je dois traverser.

Toutefois, les jeunes gens se réconcilièrent, et même, Gui aida sa cousine en ses préparatifs.

Il eût voulu qu'elle n'emportât que fort peu de choses, afin de revenir plus vite ; mais elle, sérieuse, entassait dans ses malles presque tout ce qui lui appartenait. N'était-ce pas des souvenirs

Roger Dombre

de sa chère jeunesse insouciante, des souvenirs aussi de Robert, et eût-elle pu consentir à les laisser derrière elle ?

– Quel dommage qu'on ne soit pas riche ! on t'accompagnerait au moins jusqu'à Marseille, disait le jeune Samozane, les bras chargés de jupons soyeux.

– Et quel dommage que je ne puisse t'offrir cette satisfaction ! soupirait Odette, le nez dans une casse qui se remplissait peu à peu. Enfin ! la vie est un tissu de sacrifices qui nous sont imposés et que nous devons...

– Avaler héroïquement, comme l'huile de foie de morue, acheva le jeune homme. Ah ! Nénette, tu marches sur les brisées des prédicateurs. Pourvu que tu ne reviennes pas d'Afrique transformée en sœur prêcheuse, comme tu en as déjà eu la velléité un jour.

Mlle d'Héristel sourit à ce ressouvenir. Ah ! que l'Odette de ce temps-là lui semblait loin.

À mesure que l'heure du départ approchait, les Samozane pensaient davantage au vide qu'allait faire au milieu d'eux la chère absente.

N'y avait-il pas assez d'un absent ?

Odette se sentait le cœur gros, elle aussi, et, tout en essayant d'encourager son oncle et ses tantes, elle contenait un petit sanglot dans sa poitrine et se disait tout bas que jamais elle n'avait tant aimé sa famille adoptive qu'au moment de la perdre.

Chapitre XXIV

« C'est moi la plus à plaindre, puisque je quitte les miens et qu'ils restent ensemble, eux, bien affectueusement serrés dans le cher nid de la rue Spontini.

Moi, je suis à peu près seule... quoique en compagnie de huit personnes au moins, parce que ces personnes me sont encore à peu près inconnues.

Je les ai cueillies à Livron, en me dirigeant vers Marseille.

Le père, je l'avais déjà vu ; il est bon et aimable ; sa femme est l'indolence même. D'un air mourant, elle m'a souhaité la bienvenue ; puis, m'a présenté ses enfants, de beaux bambins aux yeux de gazelle et à la nature de salpêtre, à ce qu'il m'a paru.

L'institutrice, Mlle Gratienne, a la physionomie résignée d'une personne attachée à la famille de ses élèves, mais qui en voit de drôles chaque jour.

Le voyage s'est bien passé jusqu'à Marseille.

Je ne connaissais pas cette ville, qui m'a plu. J'ai trotté dans ses rues et le long de ses ports ensoleillés qui ont des murs ou des pavés trop blancs sous un ciel presque trop bleu.

Car ici, on se croirait encore en été et l'on a très chaud.

J'ai vu la Cannebière grouillante, gaie, pleine de bruit, de travailleurs et de paresseux, de gens qui s'embrassent ou se disputent, au bout de laquelle se dressent les bateaux immobiles.

Le nôtre, dort à la Joliette, paraît-il, nous irons le voir demain.

Comme il me semble que je serai loin, de l'autre côté de cette eau si bleue, mais aux dimensions si grandes !

Mon cousin de Merkar est tout entier pris par les affaires, par les derniers préparatifs du départ aussi, car c'est sur lui que retombe tout. Je n'aperçois presque pas sa femme.

....

À bord.

Et, maintenant, nous voilà à bord du *Chanzy* qui roule un peu... mais si peu, parce que nous sommes dans le golfe du Lion.

Mon cousin fume comme un pacha, joue avec les petits, cause et fait une manille avec un ami, enfin, jouit de ses dernières heures de vacances ; car, une fois à Alger, il se remettra au travail.

Ma cousine soupire dans sa cabine, au fond de sa couchette d'où, prétend-elle, elle ne parvient même pas à braver le mal de mer.

Pauvre femme ! Je suis de l'avis de son mari : si elle consentait à se secouer un peu, elle se porterait beaucoup mieux.

Elle est encore fort jolie, mais mon cousin, qui l'a épousée d'un coup de tête, pour sa beauté, m'a fait entendre que ce n'était pas la compagne qu'il lui fallait.

Je vois que je suis tombée dans un ménage désuni et dans une maison qui va cahin caha, mal dirigée, ou plutôt point dirigée du

Roger Dombre

tout, par une main indolente et inhabile.

Mais qu'importe ! Ne vais-je pas me décourager avant même de toucher au port, c'est le cas de le dire ?

Et puis, où donc se trouve la perfection ?

J'ai beau admirer la mer, le ciel, le bateau sur lequel j'écris en ce moment, je me sens triste de me savoir si loin des Samozane ; il me semble que quelque chose s'est détaché de moi pour rester là-bas, auprès d'eux, pendant que moi, je flotte vers l'inconnu, peut-être vers une tristesse plus grande encore. Tout à l'heure, comme nous quittions la côte provençale à force de vapeur, une voix a prononcé tout près de moi : « On n'aperçoit plus la terre ! » et ce mot a fait déborder l'amertume de mon cœur ; j'ai senti que j'allais pleurer et j'ai répondu je ne sais quoi à M. de Merkar qui me félicitait sur ma crânerie à supporter le roulis.

Pourtant, il se montre plein de délicates attentions à mon égard, les enfants s'apprivoisent et je leur conte des histoires abracadabrantes qui les mettent en joie. Mlle Gratienne semble s'attacher à moi, pauvre fille qui a peu de compensations à sa vie d'exilée.

Je l'étudie et je me répète que telle est la destinée qui m'attend.

Je me vois, dans un avenir peu lointain, assujettie comme elle à un devoir quotidien, fatigant, auprès d'enfants turbulents, pas toujours soumis, élevées à la diable par une mère trop faible.

Ô Robert ! toi que j'ai offensé, que tu me manques pour me montrer ce que je dois faire et pour soutenir mon courage !

Mais aussi, j'ai bien fait de prendre ce parti en son absence ; s'il eût été à Paris le mois dernier, il ne m'eût pas laissé suivre les Merkar ; il eût usé de son autorité de tuteur pour me retenir.

Jusqu'à présent, je n'ai pas à me plaindre : voyage, traversée, tout s'effectue bien.

Le ciel n'a pas un nuage ; voici la nuit qui s'annonce splendide, irradiée d'étoiles, et la lune, en croissant tout mince, semble nous suivre d'un œil souriant dans notre course sur les ondes.

Peu de bruit : celui de la vague heurtant la coque du navire, la voix de deux passagers causant sur la passerelle, et, dans le milieu du bâtiment, la trépidation de la machine.

Tout est beau, calme, lumineux.

Chapitre XXIV

Si toute ma vie pouvait ressembler à cette soirée magique !...

....

J'ai passé une nuit presque bonne, quoique un peu secouée dans ma couchette, tandis que ma petite compagne Yanette, dormait à poings fermés au-dessus de moi.

Longtemps, j'ai admiré hier la soirée superbe que nous traversions silencieusement et qui m'inspirait des idées graves, saintes, un recueillement que l'on doit ressentir surtout devant ces splendides spectacles.

Ah ! ce matin, quel changement !

Certes, tout est aussi beau, aussi bleu ; mais le moyen de se recueillir au milieu des bavardages des enfants, des bruits de la manœuvre, des coups de cloche, des causeries des passagers !

« Voici un oiseau de terre ! Alger n'est pas loin ! » a crié quelqu'un.

En effet, déjà dans une brume bleuâtre la côte s'esquisse blanche et jolie.

Voici maintenant la ville étalée le long du port, et Raoul me désigne Mustapha, que nous irons voir et qui s'étage sur la colline en villas fleuries et blanches aussi.

Mon cœur se dilate devant l'idéale beauté de la ville dans laquelle je vais vivre.

Vivre, oui, longtemps ? Qu'en sais-je ? Tout cela dépendra de ceux qui m'entourent, et de moi, de mon courage.

....

Arrivée, débarquement, ahurissement.

Foule d'Arabes en burnous blancs ou en fez rouge crasseux, aux pieds nus, qui nous prennent de force nos colis, en nous disant dans un sourire aux blanches dents :

« Yé té suis. Pas peur. Yé té suis. »

Heureusement que mon cousin vient à la rescousse, nous délivre des importuns, nous empile tous dans deux voitures et reste sur le port à s'occuper de la douane et de nos bagages.

Mes bagages à moi ont encore un poids et des dimensions ordinaires, mais ceux de ma cousine de Merkar sont incommensurables et innombrables. Je riais tout bas de la « tête »

Roger Dombre

que faisait son mari en les comptant.

– Que peuvent bien contenir tant de caisses ? murmura-t-il effaré.

– Mon Dieu ! répondit la gouvernante avec un sourire indulgent : des robes, des jupons, des corsages, des chapeaux...

– Et aussi des petits pots de rouge et de blanc que maman se met sur la figure, ajouta Yannette, l'enfant terrible.

Dieu du ciel ! quand je pense que j'ai failli devenir presque aussi frivole que cette chère cousine de Merkar ! à part les petits pots de rouge et de blanc, bien entendu, dont je n'ai jamais usé. »

Chapitre XXV

« Mon Dieu ! oui, c'est beau, gai, fleuri... Mais je ne goûte pas comme je le devrais le charme de ma vie actuelle ; qu'y a-t-il donc ?

On se croirait ici en un perpétuel été ; les nuits sont divines, les soirées exquises, les journées délicieuses ; je n'ai pas le temps de m'ennuyer, car je travaille huit heures quotidiennement à la vive surprise de M. de Merkar qui me croyait, moi aussi, une femme superficielle, n'approfondissant rien, ne rêvant que chiffons.

Je dis « moi aussi », parce que telle est Mme de Merkar, dont je ne veux, certes, pas médire, mais qui passe sa vie... à ne rien faire.

Dieu me préserve d'être jamais une pareille nullité ! Par bonheur, ses enfants ne lui ressembleront pas.

Je m'occupe beaucoup d'eux, et décharge ainsi la pauvre Mlle Gratienne qui n'en pouvait mais sans mon aide, auparavant.

Seulement, je suis un peu novice dans l'art d'enseigner et j'ai souvent besoin de ses lumières.

Or, il arrive qu'en instruisant les petits, je me fais grand bien à moi-même : cela me force à rouvrir mes livres d'étude, à revoir tout ce que j'avais vu trop rapidement, et je suis étonnée de m'y intéresser si fort.

Je me remets également au piano, de sorte que, grâce à Mlle Gratienne qui est très bonne musicienne, plus encore en théorie qu'en pratique, j'espère bientôt pouvoir rivaliser avec la brillante Antoinette Dapremont.

Hélas ! à quoi cela me servira-t-il ? Où est Robert ? Le reverrai-je jamais ? et, si cela arrive, daignera-t-il s'apercevoir que j'ai changé à mon avantage ?

Peut-être que je ne caresse qu'un rêve mort et que je porterai toute ma vie le poids d'une déception que j'ai fait naître moi-même par mes sots caprices.

Je me sens très capable aujourd'hui de mourir de chagrin si une grande douleur survenait dans ma vie.

Déjà, je ne suis plus gaie que par boutades ; j'éprouve par instants un impétueux besoin de repos moral, de solitude même ; alors, je vais me réfugier au Jardin d'Essai ou au « Bois de Boulogne » (il m'est permis d'y aller seule), et là je pense en regardant la nature si riche et si belle.

J'entendais l'autre jour M. de Merkar dire à sa femme, sur le ton de la déception :

– On nous avait annoncé une parente d'une gaieté exubérante, aux répliques amusantes, à l'esprit toujours en éveil ; certes, cette chère Odette est pétillante d'humour à ses heures, elle a des réparties d'un inattendu exquis, mais elle a aussi des moments de langueur, de tristesse même, assez fréquents. D'où cela vient-il ?

– Je ne sais, répondit son indolente épouse. Sans doute, on a surfait sa réputation, ou bien, elle regrette Paris.

Par bonheur, les petits de Merkar sont de bonnes natures un peu emportées peut-être (en cela ils tiennent du père), mais ils sont francs et affectueux.

De fréquentes querelles éclatent entre les parents ; et moi qui avais le vif désir de rétablir l'ordre dans le ménage, je ne puis m'interposer, sentant que le pauvre mari a le droit de s'insurger quand on déjeune à une heure au lieu de midi, ou que les domestiques ont oublié de faire une commission importante.

Pourvu que ma cousine ne prenne pas l'idée de me faire convoler en justes noces avec un petit officier algérois, joueur et paresseux, ou avec un employé de la maison ! M. de Merkar a sous ses ordres une vingtaine de célibataires mûrs ou frais.

Bah ! quand je me sentirai en péril de mariage, je m'enfuirai sous d'autres cieux.

Roger Dombre

Je ne puis cependant pas exposer à mes cousins l'état de mon cœur qui a déjà une bonne fissure ; non, n'est-ce pas ? Je les connais depuis trop peu de temps.

Hier, a dîné avec nous, le secrétaire de M. de Merkar, jeune homme de petit avenir, à l'âme sensible.

En versant de l'eau sur la nappe, à côté de mon verre (il me regardait tout en me versant), il s'est cru obligé de me faire un compliment sur mon « chic » de Parisienne.

Ah ! le pauvre enfant ! Qu'aurait-il dit, alors, s'il m'avait connue au temps de ma prospérité !

Nous avons fait une jolie excursion à Aumale, par le chemin de fer, ayant pour compagnons de route deux missionnaires qui échangeaient leurs idées sur le paradis.

J'avais grande envie de leur demander si, dans les voyages qu'exige leur ministère, ils n'avaient jamais rencontré un charmant ingénieur parisien du nom de Robert Samozane.

Je ne l'ai pas osé.

C'est que, où que j'aille, sur terre ou sur mer, à la ville ou à la campagne, malgré moi le souvenir de ce terrible et cher tuteur me hante au point de me devenir une souffrance, surtout quand je songe combien j'ai été coupable envers lui.

Je dois avouer qu'aucun homme, ici comme ailleurs, ne me paraît aller à sa cheville, pour parler vulgairement, pas même les plus spirituels, les plus élégants, les plus instruits, les plus distingués, les plus intelligents, les plus séduisants.

Et je voudrais être encore la petite fille, la gentille Nénette, un peu désobéissante, mais câline, qui venait à chaque instant lui conter ses petites fredaines, ses joies et même ses minuscules chagrins.

Car il me consolait, me gâtait, me dorlotait... hélas ! et cela a duré jusqu'au jour de ma mort (de ma simili-mort, devrais-je dire), qui a apporté ce stupide changement dans ma vie et a fait de moi une jeune fille désagréable, sotte et égoïste.

De sorte qu'il doit conserver de moi un pitoyable souvenir. »

Chapitre XXV

Chapitre XXVI

Une bonne idée de Mme de Merkar : pour rendre constamment serein le front de sa jeune parente, elle voulait la « produire » un peu dans le monde.

Elle voulait prêcher pour son saint, la chère femme, car elle ne secouait volontiers son indolence que pour assister à une fête, à un concert, à un dîner.

Elle persuada à son mari d'ouvrir son salon et d'inviter quelques personnes marquantes de la ville.

Sans enthousiasme comme sans répugnance, Mlle d'Héristel sortit donc ses plus jolis costumes de ses armoires et, comme l'esprit découlait d'elle ainsi que l'eau d'une fontaine, elle se conquit bien vite les bonnes grâces des amis de ses parents.

Cette pétulante Parisienne, recueillie dans la solitude et gaie en société, devint bientôt l'enfant gâtée des Algérois et des Algéroises.

Si elle ne s'y fût opposée, tant elle était devenue raisonnable à présent, elle aurait passé ses journées en promenades, en jeux et sports, et ses soirées à danser.

Comme il y a des jeunes gens à marier en Algérie, ainsi qu'en France, beaucoup s'informèrent du chiffre de sa dot.

Beaucoup aussi reculèrent quand il leur fut répondu que Mlle d'Héristel, passant (à tort, nous le savons), pour avoir des goûts dispendieux, ne possédait que quatorze cents francs de rente.

Quelques-uns, très jeunes ou sincèrement épris, eussent persisté sans la sagesse d'un père ou d'une mère pratiques qui ne voulaient pas, pour leur fils, d'un mariage avec une fille pauvre.

Mais nous savons aussi qu'Odette se souciait peu du mariage.

Il y eut même une conquête qu'elle fait à Blidah, et qui la couvrit de surprise et même de confusion.

Des amis de M. de Merkar l'emmenèrent faire une excursion dans la ville des orangers, ce qui la ravit. Là, elle se vit accueillie comme toujours fort aimablement et, de plus, fit la connaissance d'un célibataire déjà mûr et fort riche, qui parut charmé de ses originales répliques, de son juvénile enthousiasme pour les belles choses, en même temps que de sa gentille figure.

Roger Dombre

Mais, quand on les présenta l'un à l'autre, ce fut un petit coup de théâtre : ils eurent chacun un haut le corps de stupeur et un instinctif mouvement de recul.

À ces mots : « Monsieur Garderenne », Odette fronça le sourcil et pensa :

– Bon ! l'homme qui m'a retiré, légalement paraît-il, les sept cent mille francs formant mon avoir et ma dot. Voilà une rencontre dont je me serais volontiers passée.

Et lui, à cette phrase :

– Mademoiselle Odette d'Héristel, de Paris, que nous avons le bonheur de posséder depuis quelque temps...

– Bien ! la fameuse petite cousine qui détenait, en toute confiance, la somme à laquelle j'avais droit et que j'ai enfin maintenant ! Quelle tête vais-je faire, mon Dieu ?

Il fit une tête fort naturelle, par la raison qu'Odette n'aimant pas les situations ambiguës, s'était bien vite écriée en tendant les mains à son ennemi :

– Je sais que nous avons eu maille à partir ensemble, monsieur, de loin il est vrai ; mais puisque tout est fini... pour votre plus grande gloire, faisons la paix ; ce sera facile quant à ce qui me concerne, car je ne vous en ai jamais voulu et je suis sans fiel.

– Vraiment ? s'exclama M. Garderenne qui n'en croyait pas ses oreilles.

– Je n'exprime jamais que des sentiments que je ressens, répondit Odette avec dignité.

– Mais alors, je suis confus... je regrette... j'aurais voulu... si j'avais su...

– Ne regrettez rien du tout, monsieur, conclut la jeune fille ; sans vous en douter, vous m'avez probablement rendu un très grand service.

– Moi ? fit le quinquagénaire en écarquillant les yeux.

– Oui, vous.

– Expliquez-moi, de grâce...

– Rien du tout pour le moment. Plus tard, je ne dis pas.

Et, sur ces énigmatiques paroles elle lui abandonna, puis lui retira

Chapitre XXVI

sa main, qu'il baisait et eût voulu conserver plus longtemps dans la sienne.

Le soir, en fumant un dernier cigare devant la mer qui reflétait les étoiles, Olivier Garderenne se disait :

« Charmante, la petite cousine, absolument charmante, et pas plus de rancune dans son cœur que dans mon petit doigt.

Elle porte si allègrement sa pauvreté que je n'en ressens que plus de remords de lui avoir redemandé mon bien.

Si je l'avais connue avant d'entamer ce diable de procès, j'aurais proposé un arrangement ; nous aurions partagé la somme. Ainsi, elle aurait une dot pour lui faciliter un bon mariage ; car elle se mariera, la mignonne, elle est trop gentille pour rester fille. Et pourtant, sans dot !... Ah ! si j'avais vingt ans de moins... pas même tant : dix ans seulement ! »

Ce qui n'empêcha M. Garderenne, quelques jours plus tard, de se joindre à la joyeuse troupe qui regagnait Alger, au lieu d'achever l'hiver à Blidah ainsi qu'il l'avait projeté.

– Car, se disait-il, on est aussi bien à Alger ; mieux même, puisqu'on y a le théâtre, des concerts et des nouvelles fraîches de France, qu'on ne trouve pas à Blidah.

Mais, le principal attrait pour lui consistait en un petit costume de drap beige habillant une charmante jeune fille qu'il comptait revoir souvent.

En effet, il s'ingénia si bien à rencontrer Odette, qu'il ne se passa guère de jour sans qu'il la vît.

Lorsqu'elle n'avait point paru à la musique sur la place, s'il ne l'avait pas croisée rue Bab Azoum ou rue Bab-el-oued, il arrivait chez les Merkar comme par hasard, ou sous prétexte d'offrir à l'indolente mère de famille des places pour le cirque ou une loge au théâtre.

Puis, ce furent des bouquets de fleurs, des boîtes de bonbons qui plurent sur Odette, habilement partagés entre elle et Mme de Merkar. Mais personne ne s'y trompait et M. de Merkar riait parfois dans sa barbe en murmurant :

– Je devrai bientôt prévenir le bon tuteur Samozane, de ce qui se passe ici. Voilà notre petite cousine en train d'ensorceler inconsciemment ce brave Garderenne.

Roger Dombre

Il va sûrement, un de ces jours, la demander en mariage ; mais, quoiqu'il soit admirablement conservé pour son âge, je ne conseillerai pas à la fillette d'accepter pour époux un homme qui pourrait être son père. Et, d'un autre côté, la mignonne est dans le cas de tomber plus mal. Enfin, on verra.

Ce que prévoyait M. de Merkar arriva : Garderenne, tremblant comme un écolier à son premier examen, après s'être laissé affirmer par son miroir qu'il était « encore très bien », vint trouver Mme de Merkar, au vif déplaisir de celle-ci dont cette demande dérangeait la quiétude.

– Odette ? ma cousine ?... Mais comment donc cher monsieur. J'aurais préféré que vous consultassiez mon mari d'abord, mais il est à Oran pour la semaine. Si vous vouliez attendre...

Garderenne affirma qu'il ne se sentait pas ce courage ; en quelques jours, d'autres pouvaient survenir pour lui couper l'herbe sous le pied ; il avait si peur, et si grand-hâte !...

Attendrie par cette infortune, Mme de Merkar, qui ne s'inquiétait guère des sentiments de sa jeune cousine, rassura son hôte, lui dit que certainement, Odette « serait raisonnable » et finalement, l'autorisa à interroger lui-même Mlle d'Héristel.

Ce n'était sans doute pas très correct, mais de quel ennui se délivrait la nonchalante femme qui avait horreur des entretiens sérieux et des discussions même pacifiques !

Garderenne prit la balle au bond, fit naître une occasion et, à l'ombre odorante d'un eucalyptus, tandis que Mlle Gratienne, deux mètres plus loin, surveillait les ébats de son jeune troupeau, il adressa à Odette sa demande d'une voix défaillante.

L'ex-pupille de l'oncle Valère eut d'abord envie de rire.

Elle se contint et pensa :

– Ce pauvre homme, qui a du regret de m'avoir appauvrie, croit réparer sa faute (si faute il y a), en m'offrant son nom, sa main, sa fortune et son cœur. Il se figure que l'argent est tout pour moi et que je serai heureuse de devenir Mme Garderenne, même au prix d'un mari de trente ans plus âgé que moi.

Voyant qu'elle ne fronçait pas le sourcil, plein d'espoir, le quinquagénaire renouvela sa demande.

Chapitre XXVI

Très franche, Odette répondit :

– Si j'avais seulement dix années de plus, de l'expérience et plus de plomb dans la cervelle, je vous dirais probablement « oui ».

– Mais ? fit M. Garderenne, pantelant.

– Mais, n'ayant que vingt ans, je ne veux pas. Vous le comprenez bien, voyons ?

– Hélas ! soupira le pauvre homme.

Puis, reprenant un peu de courage, il poursuivit :

– Il est certain que l'écart de nos âges rend ma requête un peu ridicule.

– Non, corrigea doucement Mlle d'Héristel, on n'est pas ridicule pour cela et l'on a vu des jeunes filles épouser des vieux maris qui les rendaient très heureuses.

– Ah ! vous voyez bien !

– Oui, mais cela ne revient pas à dire que je veuille me marier avec vous.

– Ce serait pour moi le paradis.

– Je sais bien, dit Odette avec son adorable naïveté, vous ne feriez pas une trop mauvaise affaire en m'épousant ; je ne suis pas une beauté, mais, en général, je ne déplais pas ; j'ai un peu d'esprit et, depuis un an, j'ai beaucoup changé à mon avantage.

– Je ne crois pas qu'autrefois...

– Autrefois ? Ah ! demandez à mon cousin Robert ou à mon oncle Samozane.

– Ils sont un peu loin en ce moment pour...

– Oui, c'est vrai ; eh bien, apprenez que naguère encore j'étais une enfant charmante, trépignant pour une robe manquée, une partie de plaisir remise ; disant des choses peu aimables à tout le monde, vivant à ma guise sans me soucier des autres...

– Qui vous a guérie, alors ?

– Vous.

– Moi ? fit Garderenne stupéfait. Mais je ne vous connaissais pas dans ce beau temps-là.

– Vous rappelez-vous que je vous ai dit, il y a quelques semaines :

Roger Dombre

« Vous m'avez rendu un grand service ? »

– C'est vrai, lequel ?

– Voyez-vous, j'étais trop riche et trop gâtée : on me regardait comme une héritière qui a le droit d'avoir tous les caprices ; comme une petite idole. C'était très mauvais, cela. Un beau jour, vous m'avez appauvrie...

– Ah ! oui, j'ai fait une jolie chose, murmura Garderenne, rouge comme une pivoine.

– Je ne vous dis pas que ce soit un acte chevaleresque, car enfin, vous, homme déjà riche, vous dépouilliez de sa dot une jeune fille...

– N'évoquez pas ces souvenirs, de grâce, vous me torturez... Je suis prêt à...

– Ne soyez prêt à rien du tout, qu'à m'écouter. Donc, vous aviez le droit pour vous, c'était très juste ; mais ce dont vous ne vous doutez pas, c'est du bien que vous m'avez fait en m'appauvrissant.

– J'avoue que cela échappe à ma compréhension.

– C'est pourtant facile à saisir : riche, je demeurais nulle et frivole ; pauvre, je redeviens sérieuse... à peu près, bien sûr, dans des bornes raisonnables : je me remets au travail, me rends utile et fais enfin une femme et non plus une poupée.

– Ainsi, le voilà le fameux service rendu ?

– Mais oui ; n'est-ce pas assez ?

– J'espérais mieux, soupira le célibataire.

– Eh ! tout le monde ne peut pas se vanter de m'avoir fait un pareil don !

– Enfin, vous refusez ?

– Quoi ? de vous épouser ? parfaitement, je vous l'ai dit sans restriction.

– Cependant, de cette façon, vous rentreriez tout naturellement en possession de la fortune que...

– Mais je n'en ai plus envie. Vous l'avez, gardez-la. Tenez, je vous permets encore de me traiter paternellement : vous me coucherez sur votre testament, si le cœur vous en dit. Si vous mourez avant moi, je vous garderai ainsi un bon souvenir. Par exemple, si vous venez à vous marier...

Chapitre XXVI

– Je n'en ai pas le moindre désir, je vous le jure.

Ils se séparèrent, l'un très affligé, l'autre assez sereine ; non que le malheur de son prochain lui devînt une source de joie, mais parce qu'elle se disait, sans pouvoir s'empêcher de sourire :

– Première demande en mariage, un prétendant mûr. Trente ans de plus que moi, cela commence à compter. Enfin, c'est toujours flatteur de voir quelqu'un aspirer à votre main quand ce quelqu'un est riche et la demoiselle pauvre.

Je voudrais que Robert sût cela.

Chapitre XXVII

Après cette conquête, qui ne lui avait coûté nulle peine, ainsi qu'elle le disait elle-même, Odette continua à se voir entourée mais sans que personne lui fît d'ouverture analogue à celle de M. Garderenne.

Et voilà que, soudain, M. de Merkar, l'homme des résolutions promptes, offrit à la joyeuse bande un tour en Kabylie.

Les petits poussèrent des hourras frénétiques à cette proposition. Mlle Gratienne y acquiesça de tout cœur et Odette joignit triomphalement sa voix à celle des enfants : outre qu'elle n'était pas encore assez vieille pour renoncer à tout plaisir, elle espérait vaguement rencontrer un jour Robert en pérégrinant à travers l'Algérie.

Mme de Merkar mit en avant le prétexte de sa santé pour ne point prendre part à cette partie, à la fois fatigante et amusante, et son mari n'essaya même pas de vaincre sa résistance. Il avait coutume de laisser sa femme à ses siestes répétées et à ses cosmétiques, quand on entreprenait une excursion quelconque.

Comme on terminait l'hiver, les pluies n'étaient plus à craindre et l'on comptait sur un temps favorable pour faire l'ascension des montagnes kabyles et pour visiter les villes du littoral.

M. de Merkar ayant à voir, pour affaires, l'administrateur de la commune mixte de Port-Gueydon qui est le nom français de Azeffoun, petit port situé sur la côte méditerranéenne, on commença par ce lieu.

– Nous n'y trouverons ni hôtel, ni auberge même, dit M. de Merkar, mais l'hospitalité est de règle dans le monde des fonctionnaires et des colons que nous allons voir, et nous ne risquons pas de coucher à la belle étoile.

On prit, à sept heures du soir, le petit chemin de fer de l'Est-Algérien qui aboutit, après un pénible effort, à la ville de Tizi-Ouzou où l'on toucha à minuit.

M. de Merkar s'occupant des bagages, Mlle Gratienne et Odette avaient fort affaire de tenir éveillés les enfants que l'attrait de la nouveauté n'animait même plus.

On s'entassa dans un affreux char (voiture publique de Tizi-Ouzou), déjà à moitié rempli d'Arabes aux burnous douteux, qui se juchaient sur leurs colis dans la crainte de les voir égarer.

Les grandes personnes se partagèrent les petits, une fois la jeune bande arrivée à l'hôtel Lagarde, le meilleur de la région, et l'on dormit à peu près bien.

Au matin, Odette, aussi curieuse que ses petits cousins, abandonna bien vite son lit et alla regarder par la fenêtre les Kabyles faire leurs ablutions et se prosterner dans la poussière pour prier, le front tourné vers l'Orient.

De maigres chameaux pelés attendaient, résignés, leur pitance non moins maigre, près des puits.

Des gamins crasseux, coiffés de fez rouges devenus grenats à force de saleté, narguaient les « roumis » et leur jouaient des tours ou agaçaient les chiens.

Comme on trouve de la troupe à Tizi-Ouzou, quelques pantalons garance égayaient le paysage.

Et par dessus tout cela, commençait à briller un soleil impeccable dans un ciel sans nuage.

Les enfants burent du lait de brebis ou d'ânesse, qui leur fit faire la grimace ; les grandes personnes, un café détestable ; puis, en route dans un break horriblement dur qui les fit tous rire aux éclats et qui, au trot de deux juments maigres, mais excellentes, devait cahoter nos voyageurs jusqu'à six heures du soir.

Et il en était cinq du matin.

La route se fit d'abord en silence, soit que les enfants eussent encore sommeil, soit qu'ils admirassent recueillis malgré eux, l'inoubliable paysage se déroulant sous leurs yeux.

La voiture ne traversait pas de village, puisque, jusqu'à Fréha, halte qui coupe en deux le voyage, on aperçoit à peine de temps à autre une chaumine, un gourbi.

Les blanches cigognes, déjà de retour, faisaient pousser aux fillettes des exclamations d'envie ; Odette même, aussi enfant que ses cousines, eût voulu en emporter une en France.

« Puisque, disait-elle, on affirme que cet oiseau porte bonheur ! »

Puis, toujours bonne, voyant piétiner dans la poussière des Kabyles gênés par leurs fardeaux et se rendant à Bréha ou à Azzeffoun eux aussi, elle implorait pour eux M. de Merkar.

– Si vous leur permettiez de monter sur le siège, mon cousin !

– Oui, Odette, mais ces gens-là ne sont peut-être pas très propres...

– Que si : la loi de Mahomet n'ordonne-t-elle pas de se laver ?

– Seulement les pieds et les mains, Odette.

– C'est toujours cela de gagné, mon cousin.

– Soit, puisque vous le voulez.

Ainsi, on recueillit deux représentants décrépits du sexe mâle, puis, un jeune homme aux dents de lionceau et aux yeux de velours noir, qui remercièrent les généreux voyageurs à grand renfort de bénédictions.

– Qu'Allah te donne beaucoup d'enfants, disaient-ils à M. de Merkar, lequel répliquait sans sourire :

– Merci, j'en ai déjà suffisamment.

Tandis que les petits garçons effleuraient d'un doigt timide le chapelet de bois que porte tout Kabyle autour de son cou.

On traversa le Sébaou, l'unique fleuve de la Kabylie, où les cigognes viennent faire leur toilette matinale et que le soleil du printemps n'avait pas encore desséché.

L'air était pur, vierge, irrespiré, dans ces plaines immenses où, de loin en loin seulement, apparaissait la silhouette pâle d'un Arabe perché sur son mulet, ou celle plus massive d'une femme voilée portant un fardeau d'herbes.

– Et voici Fréha où nous allons nous réconforter... tant bien que mal, dit M. de Merkar. Mademoiselle Gratienne, voulez-vous avoir la bonté de réveiller le petit troupeau ?

Les enfants se frottaient les yeux, ahuris, cependant que des effluves d'une cuisine bizarre leur chatouillaient les narines.

Dans une sorte de tonnelle décorée du nom d'auberge, où quelques milliers de mouches avaient élu domicile, un repas fut servi aux voyageurs, tandis que les chevaux, dételés pour une heure, mangeaient leur pitance.

Averti la veille par le courrier, l'aubergiste avait pu se procurer des vivres, et bientôt un couvert rustique fut dressé sur une nappe grossière mais à peu près propre.

Les enfants firent preuve d'un incommensurable appétit ; mais, plus délicates, les grandes personnes se contentèrent d'un peu de pain, de chocolat et de café noir.

Fréha n'a rien d'attrayant et se compose de quelques maisons bâties sur un sol mouvant et prêtes à s'effondrer à la première occasion.

Quand nos voyageurs en eurent fait trois fois le tour, à la seule fin de se dégourdir les jambes, ils connurent le village dans tous ses détails.

On remonta en voiture ; les vigoureux petits chevaux reprirent leur trot courageux pour commencer à gravir les monts qu'ils devaient redescendre sur la pente inverse.

Alors des cris d'admiration s'échappèrent de toutes les bouches, hors celle du cocher, familiarisé avec ces spectacles.

La voiture longeait des précipices d'une hauteur effrayante, mais on savait que les braves bêtes qui la traînaient avaient le pied montagnard.

En elle-même, Odette murmurait :

– C'est ravissant, c'est idéal de grâce et de sauvagerie ; mais est-ce bien moi qui me suis laissée entraîner si loin du home, si loin de Paris ?

Hélas ! ai-je seulement un home, moi ? et le nid n'est-il pas pour moi, partout où l'on m'aime, où l'on me gâte ?

D'espace en espace, des troupes d'enfants à demi-nus, leur pauvre petit burnous flottant à la brise, suivaient la voiture en prononçant des supplications arabes et en secouant leur gandourah.

Alors, on leur jetait des sous avec des débris du goûter et ils avaient de la joie pour longtemps. Les tablettes de chocolat seules leur inspiraient de la méfiance, et ils tournaient et retournaient dans leurs doigts bruns cette chose sombre enveloppée d'un mystérieux papier argenté.

Enfin, la mer reparut à un détour de la montagne, si bleue, si calme, si belle, que les voyageurs se turent, soudain recueillis, et que Mlle d'Héristel se sentit tout de suite moins perdue, moins éloignée de la France.

Trois quarts d'heure après, la petite ville de Port Gueydon se montra, assise au bord de l'eau et montant, par son unique rue jusqu'à la colline.

Chapitre XXVIII

« À présent que j'ai vu Azzeffoun, Azazga, la forêt de Yacouben, Fort National, Bougie, Mekla et tout ce que nos aimables hôtes ont pu nous faire visiter depuis quinze jours que nous avons quitté Alger, j'ai assez de la Kabylie, des montagnes vertes, des coteaux couverts de moissons, des Arabes en fez, aux jambes nues, aux gandourahs sales et fripées.

Je regretterai ici les Vianère, nos hôtes si aimables dont je n'oublierai jamais l'exquise hospitalité ; ensuite Saïd, ma « femme de chambre » : un chaouch ou domestique kabyle, qui me sert silencieusement, la tête couverte et les pieds nus, tout aussi bien que la première soubrette parisienne et avec plus de respect certainement.

Enfin Fatma, la mule qui me portait pendant nos excursions et qui, toujours au fin bord des précipices, ne m'a jamais jetée dans l'abîme.

Le ciel est bleu, la chaleur douce, le soleil superbe, la verdure tendre ; je goûterais certainement tout cela en compagnie de ceux que j'aime, mais je les sens trop loin et l'anxiété où je suis met des bornes à mon admiration.

Peut-être un jour reviendrai-je ici dans d'autres conditions et

Roger Dombre

pourrai-je mieux me livrer à l'enthousiasme.

....

Nous avons regagné Alger et je me suis précipitée sur mon courrier après un hâtif bonjour à la maîtresse de céans, qui a fait l'immense effort de venir au-devant de nous à la gare.

Que j'avais bien raison d'avoir des pressentiments agités : l'oncle Valère est malade. Pas très malade, mais assez pour désirer me revoir avant... enfin, s'il lui arrivait pis. Cette nouvelle a soulevé chez les Merkar une tempête de protestations : partir, notre chère Odette, après un si court séjour, c'est impossible !

Ils oublient que depuis plus de huit mois, je vis au milieu d'eux. Moi aussi, je les aime bien, mais les Samozane me tiennent plus au cœur.

J'ai envoyé un télégramme à Paris, bien vite, sans pouvoir dissimuler mon inquiétude. On m'a répondu que tout danger est passé pour le malade, mais que, si je peux venir, tout le monde sera bien content.

Me voilà rassurée. C'est égal, je retourne quand même en France, et toute seule ; ne suis-je pas assez raisonnable à présent pour cela ?

Et puis, une idée me tourmente depuis quelques jours :

Puisque l'oncle Valère a témoigné le désir de revoir sa nièce et pupille, Odette d'Héristel, il a dû en faire autant à l'égard de son fils aîné.

Sans doute, Robert m'a précédée là-bas, et mon cœur bondit dans ma poitrine à la pensée de le revoir.

....

Avant mon départ, M. de Merkar veut absolument donner une petite fête.

Quoique je sache l'oncle Valère en bonne voie de guérison, je n'ai pas le cœur à la joie, mais ils croient me faire plaisir et je ne puis qu'accéder à leur vœu.

D'ailleurs, je regretterai ces excellents amis qui m'ont fait la vie si douce dans leur home, et ces chers petits qui pleurent lorsque je fais allusion à mon prochain embarquement. »

Chapitre XXVIII

Chapitre XXIX

La soirée battait son plein, l'entrain était à son comble.

À la journée brûlante avait succédé une nuit délicieuse, embaumée du parfum des fleurs qu'apportait un souffle rafraîchissant.

Les salons de M. de Merkar offraient un aspect réjouissant à l'œil, avec la corbeille de jeunes femmes et de jeunes filles élégamment parées, dont la plus grande partie était vraiment jolie.

Au milieu d'elles, Odette d'Héristel évoluait souriante, quoiqu'on devinât un peu de préoccupation au fond de ses yeux.

Cette créature piquante n'était plus, comme jadis, le jouet des hommes qui s'amusaient à lui faire dire des naïvetés délicieuses ; ni la fillette encore gamine qui, chez les Samozane, sautait les pouffs à pieds joints, riait à belles dents, déchirait, à force de danser, les dentelles de ses jupons.

Son petit visage fin avait un peu pâli, mais il restait spirituel ; si sa causerie était plus grave, du moins avait-elle toujours des mots exquis et profonds sous un tour railleur.

Plus pondérée que naguère, elle avait acquis une grâce un peu hautaine, une distinction toute naturelle, et sa mise était harmonieuse en son élégante simplicité.

Comme il faisait trop chaud pour danser longtemps, les musiciens amateurs et les musiciennes étaient invités à se faire entendre au piano.

Quelques personnes chantèrent ou jouèrent des morceaux connus, puis, M. de Merkar appela sa jeune parente au clavier.

Mais, Odette réclama l'aide de Mlle Gratienne, car elles s'étaient accoutumées à jouer beaucoup à quatre mains, et à elles deux, Mlle d'Héristel faisant la première partie, elles tinrent leur auditoire sous le charme pendant près d'une heure.

Tandis qu'Odette, à la prière générale, ouvrait une partition avec l'assurance d'une musicienne qui sait qu'elle s'en tirera avec honneur, un trio d'hommes jeunes et distingués, causant et fumant au dehors par cette nuit splendide, vint s'appuyer au rebord d'une fenêtre ouverte sur le jardin.

– Qui donc a ce jeu à la fois souple et harmonieux ? demanda l'un d'eux, homme d'une trentaine d'années, au visage martial et bien modelé sous une forte couche de hâle.

– Mlle d'Héristel, l'étoile de nos salons algérois, cette année ; une charmante Parisienne que nous aurons le regret de perdre bientôt.

– Vous dites ? fit vivement l'étranger à la figure brune.

– Mlle d'Héristel, Odette d'Héristel. Tenez, en vous haussant un peu, vous pourrez l'apercevoir, assise au piano, à droite... À moins que vous ne vous décidiez à rentrer dans les salons, homme sauvage que vous êtes !

Cette plaisanterie n'obtint point de réponse. Robert Samozane, que nous retrouvons à Alger, par la raison qu'il s'embarquait le surlendemain pour la France, sa mission remplie, demeura contre la fenêtre, silencieux et immobile, le regard rivé sur celle qu'on lui désignait.

Il ne la voyait que de profil, mais il buvait des yeux cette silhouette fine, étonné de la gravité qu'il lisait sur ce cher visage.

« Quoi ! pensa-t-il, est-ce ma pupille qui a acquis ce talent musical ? un talent dont je ne l'aurais jamais crue capable... Elle a conservé sa figure enfantine, mais il y a comme un rêve sur ses traits... depuis tant de mois que je ne l'ai vue !

Et c'est ainsi que je la retrouve ! admirée de tous, leur versant, inconsciente, ce philtre de charmeuse dont ils sont tous avides.

Hélas ! pourrai-je lire encore dans cette petite âme jadis pour moi claire comme le cristal ?... Il fut un temps où elle me disait tout, la chérie ; à présent, sans doute, elle me sera mystérieuse et fermée. Autrefois, c'était nous qui la gâtions ; nous, c'est-à-dire les miens et moi... Aujourd'hui, c'est le monde. Toutes ces déclarations bien tournées, chauffées au soleil africain, qui vont à elle, l'ont sans doute grisée.

Et moi qui avais tant hâte de la revoir, peut-être souffrirai-je en la retrouvant sur ma route. Si, pour la seconde fois, elle allait me briser le cœur ?... »

Odette était une intuitive ; en quittant le piano, elle avait cru apercevoir des têtes masculines derrière le balcon de pierre et surtout entendre une voix mâle et très chère qui s'était gravée à jamais dans son cœur et dans son cerveau.

Chapitre XXIX

Elle se haussa légèrement sur la pointe de ses souliers vernis ; une joie intense éclaira une seconde sa petite figure grave, puis elle reconquit son calme accoutumé.

Assurément, elle se trompait ; si Robert n'était plus en expédition au cœur de l'Afrique, il naviguait vers la France ; peut-être même y était-il déjà, installé rue Spontini auprès du vieux père convalescent.

Ce soir-là, en se couchant dans un lit qui lui parut moelleux, après les couchettes hasardeuses des campements improvisés, Robert revit en esprit sa pupille, contre laquelle, il le sentait aujourd'hui, il ne conservait plus l'ombre de ressentiment.

En l'écoutant à son insu, tandis qu'elle caressait le piano, il s'était senti pris sous le charme suave de la mélodie ; il s'était pénétré du chant qu'elle y développait et avait deviné les rêves qu'elle y exprimait sans doute.

Et, encore un peu à son corps défendant, il se disait qu'il devait être très doux de vivre avec une gentille compagne comme elle à ses côtés ; très doux de voir son sourire si franc, ses yeux si aimants et tendres, d'ouïr sa petite voix claire aux saillies si fines...

Ainsi, Robert se sentait maintenant plus satisfait de quitter l'Afrique ; puisque Odette y retournait aussi, il aurait double joie à retrouver le home, Paris et surtout la famille aimée qui l'attendait avec tant d'impatience.

Des fatigues passées, et il en avait essuyé de rudes, il ne se souvenait plus, et l'avenir lui apparaissait rose et lumineux.

Aussi, remercia-t-il Dieu qui, non seulement, l'avait gardé de tout mal, sauvé de tout péril pendant sa longue absence, mais qui encore lui rendait sa petite amie assagie, aimable, dévouée sans doute.

Chapitre XXX

« La première personne qui m'a saluée à mon débarquement, lorsque, il y a huit mois environ, je suis arrivée en Algérie, a été une guenon de la plus belle venue, qui m'a adressé une grimace magistrale.

La dernière personne qui me salua, ce matin, à mon embarquement pour Marseille, sur le *Duc de Bragance*, est une perruche multicolore que Yannette portait, juchée sur son épaule, et qui criait, en voyant pleurer sa petite maîtresse :

« Qu'Allah te protège ! Qu'Allah te conduise ! »

Or, je ne sais si c'est Allah qui guide notre bateau, mais il commence à danser joliment et j'ai de la peine à écrire dans la cabine d'intérieur où je sens davantage le roulis, mais où j'ai obtenu d'être seule.

Ainsi, je voyage sans chaperon pour la première fois de ma vie, comme une personne raisonnable, ou plutôt comme une pauvre fille sans parents proches, qui n'a pas les moyens de se faire escorter par une femme de chambre ou une demoiselle de compagnie.

On m'a recommandée au capitaine avec une telle chaleur, qu'il doit me prendre pour une princesse du sang ou pour un objet extrêmement précieux qui craint la casse.

Une fois à Marseille, je serai pilotée et hébergée par des amis des Merkar, qui me remettront ensuite en wagon pour Paris, après m'avoir recommandée cette fois (je m'y attends), au chef de train.

Il me tarde d'être plus âgée pour aller et venir avec plus d'aisance.

Nous avons quitté Alger par une brise favorable et un ciel radieux.

....

Je ne sais ce que la nuit nous prépare, mais je trouve que nous commençons à rouler terriblement ; des nuages moutonnés se montrent à l'horizon, et j'ai vu des matelots se les désigner en secouant la tête sans rire.

Les adieux avec les Merkar ont été heureusement abrégés par la hâte de l'embarquement, car les enfants menaçaient de se changer en fontaine. Mme de Merkar semblait prête à s'évanouir et une petite larme perlait même à l'œil de mon cousin.

Ils ont tous été si bons, si affectueux à mon égard, que moi aussi je me sentais émue ; mais je ne puis, au fond, m'empêcher de me réjouir à la pensée que je vais retrouver ma chère famille parisienne.

J'ai répandu des libéralités autour de moi, de façon à me faire gronder : bah ! j'étais si heureuse de leur faire plaisir ! »

....

Dolente, affalée dans un rocking-chair, la pauvre Odette ne voyait

98

ni n'entendait plus rien.

Elle n'était, du reste, pas la seule à souffrir : passagers et passagères gémissaient, qui, au fond des cabines, qui, sur le pont, où ils croyaient se distraire de leur malaise, tandis qu'il arrivait tout le contraire.

Mlle d'Héristel eût bien voulu, maintenant, regagner sa couchette et s'y étendre, mais elle n'avait plus la force de faire un mouvement ; d'ailleurs, la mer devenait si mauvaise qu'on avait dû fermer les hublots et l'on étouffait dans les cabines.

Au repas précédent, les convives assez braves pour essayer leur appétit avaient dû déserter la table, à l'exception de quelques-uns, entre autres Robert Samozane, jeune Français, embarqué sur le *Duc de Bragance*.

Il veillait de loin sur sa pupille, heureux de se sentir seul à la protéger ; il comptait jouir de sa surprise quand, au dîner, il paraîtrait tout à coup à ses yeux.

Mais voilà qu'elle était parmi les malades et, son café pris, il se hâta de remonter sur le pont où il finit par la découvrir, enveloppée de châles et plus morte que vive.

« Bon ! pensa-t-il, je n'ai pas de chance ; j'espérais que nous causerions ici comme deux amis, personne ne nous gênant, et voilà qu'elle souffre et quelle n'a même pas la force de me reconnaître. »

Il s'avança vers elle, et le plus doucement possible :

– Odette ! murmura-t-il.

Elle tressaillit faiblement, leva les yeux et le regarda jusqu'à l'âme.

– Oh ! Robert !... Où suis-je donc ? dit-elle, pour que je te retrouve là ?... Sommes-nous donc déjà à Paris ? J'ai cru mourir...

– Hélas ! non, pauvre petite, nous ne sommes pas encore à terre et c'est malheureux pour toi. Crains-tu donc tant que cela le tangage ?

– C'est-à-dire que lorsque nous sommes venus de Marseille à Alger, il faisait un temps admirable ; on ne pensait même pas à être malade. Mais, aujourd'hui ! Est-ce que cet affreux mouvement ne t'arrache pas le cœur, Robert ?

– Moi, pas du tout, mon cœur est très solide... et très fidèle, ajouta-t-il plus bas.

Roger Dombre

L'entendit-elle ? Peut-être, mais il ne put rien lire dans les yeux de mystère qui se détournaient des siens.

Il poursuivit :

– À ton insu, je t'ai entendue avant-hier soir, quand tu jouais du piano chez tes cousins de Merkar. Je n'ai pas voulu me montrer à toi au milieu d'étrangers qui nous auraient curieusement examinés, mais je me suis arrangé pour voyager sur le même bateau que toi afin de te protéger.

– Tu n'as pas de chance à ton tour, répliqua-t-elle, car je suis une triste compagnie de traversée.

– C'est vrai, dit-il, et je deviens bien inutile, Odette ; peut-être même importun... Moi qui comptais que ma présence te réjouirait un peu, que tu te sentirais moins seule !...

– Mais, en effet, je suis heureuse de te revoir, Robert ; oh ! heureuse, si tu savais ! Seulement, je ne peux pas te le dire... Tiens, offre-moi ton bras pour me conduire à ma cabine. Si mauvaise que soit ma couchette, elle vaudra peut-être mieux que le pont de ce navire qui nous secoue lamentablement.

Il obéit, satisfait de lui rendre ce faible service, et il l'installa dans la chambrette avec des soins vraiment maternels.

Il laissa tomber le rideau devant l'entrée de la cabine, car on ne pouvait fermer les portes sous peine de mourir de chaleur.

En vain Mlle d'Héristel essaya de tromper son mal en appelant le sommeil ; il ne vint pas, et elle demeura inerte sur sa couchette, secouée de temps à autre par des spasmes douloureux.

Le commissaire, le médecin du bord, qui entrouvraient tous les rideaux d'un doigt discret, afin d'offrir leurs services aux plus malades, n'essayèrent même pas de la ranimer ; ne valait-il pas mieux que la faiblesse eût le dessus afin qu'elle souffrît moins ?

– Est-ce que je rêve, ou si j'ai bien réellement revu Robert, ce cher Robert qui serait redevenu pour moi l'ami tendre, le parent dévoué, le conseiller, le guide de l'endiablée petite pupille ?

Et puis, est-ce que je divague, ou bien m'a-t-il dit qu'il m'a écoutée avec plaisir quand je jouais du piano l'autre soir ?... Si c'est vrai, il aura reconnu que je sais quelque chose, que j'ai progressé, acquis un petit talent...

Chapitre XXX

Vers le matin, Robert lui fit demander si elle pouvait le recevoir ; elle se ranima un peu à ce nom, répondit affirmativement, mais fut incapable de lui parler sensément.

– Est-ce qu'on va mourir, Robert ? dit-elle d'une voix éteinte.

Le jeune homme se mit à rire.

– Mais pas du tout, nous avons une très mauvaise traversée et le golfe du Lion est terrible aujourd'hui. Tu n'as pas de chance, pauvre Nénette ! Mais nous ne courons aucun danger, notre vaisseau est bien trop solide pour ne pas tenir tête au gros temps.

N'empêche que tous les passagers sont sur le flanc, sauf ton serviteur qui a déjeuné absolument seul tout à l'heure.

Il y eut un silence. Samozane arrangea l'oreiller sous la jolie petite tête vacillante qui ne s'opposait même pas aux chocs que lui imprimait le rebord de la couchette.

Puis il baisa doucement la petite main immobile qui demeura insensible sous cette muette caresse.

Et pourtant, dans une demi-conscience de ce qui se passait autour d'elle, Odette était soulagée par la présence de ce protecteur inattendu ; sans Robert, elle eût été envahie par un sentiment d'infinie solitude sur cette immense maison flottante où elle n'avait pas un ami, hors lui.

Après un instant d'accalmie où elle parut revenir un peu à l'existence, Robert lui proposa de secouer son inertie, de chercher à dompter son mal en montant, non sur le pont, ce qui était impossible, mais au salon.

Il sortit pour la laisser s'emmitoufler dans son plaid et, quand elle le rappela, il guida ses pas trébuchants à travers le corridor et dans l'escalier.

Elle eut même presque un rire en voyant comme ils étaient jetés de côté et d'autre à chaque minute.

Ils atteignirent ainsi les salons absolument désertés ; à travers la vitre épaisse des hublots, ils purent admirer le spectacle à la fois superbe et effrayant que leur offrait la mer littéralement démontée.

Plus hautes que le navire qui semblait gros comme un nid d'oiseau sur cette étendue laiteuse, les vagues hurlaient tout à l'entour, noires comme de l'encre et ourlées d'écume. Du ciel, on ne voyait qu'une barre un peu moins sombre que l'eau, où parfois luisait un éclair livide.

Odette se cramponna à son cousin.

– Robert ! j'ai peur ! Nous n'arriverons jamais à terre.

– Si, chérie, ne crains rien. Toutefois, je suis content de toi ; si tu as peur, c'est que tu souffres moins.

– Peut-être... je ne sais ; on s'accoutume sans doute au mal. Alors, tu crois qu'il n'y a pas de danger ? Cela me paraît impossible.

– Je te l'affirme. Et puis, tu as donc bien peur de la mort ?

– Dame ! J'ai vingt ans, allait répondre Mlle d'Hérisel.

Mais, elle se ravisa et dit :

– La vie n'est pas si gaie, va, pour que je la regrette.

– En ce moment, parce que tu es malade, petite ; mais attends d'avoir abordé à la Joliette et tu changeras de ton.

– Je t'assure, Robert, que je suis devenue très grave.

– Être grave n'est pas être triste ; et puis, je veux retrouver ma pette Odette d'autrefois.

Un peu de rose monta aux joues pâles de la jeune fille :

– Même la méchante ?

– Non, pas la méchante ; mais celle-ci, je l'ai si peu connue ! répliqua-t-il tendrement.

Elle allait, ma foi ! se jeter à son cou, dans sa joie, lorsqu'un terrible coup de mer enfonça la porte ouvrant sur le second pont ; des paquets d'eau entrèrent en coulant le long des marches, et le vent, faisant aussi irruption, arrachait les stores et renversait les sièges.

Effarée, Odette saisit la main de son tuteur et courut vers les cabines.

– C'est la fin du monde ! cria-t-elle. Oh ! Robert, ne restons pas là !

La tempête redoublait ; il fallut regagner la couchette que la pauvre enfant ne quitta plus jusqu'à ce que cette exclamation consolante lui fût apportée par la femme de chambre :

– Dieu soit loué ! On aperçoit la terre !

Chapitre XXX

La mer se calma un peu quand le *Duc de Bragance* quitta le large pour s'approcher des côtes.

Au loin, le phare de Planier apparaissait, puis les îles, enfin la ville.

Des cabines, s'échappaient des soupirs de soulagement, des rires même, avec des bruits de toilette, d'eau remuée, de brosses mises en mouvement.

Les passagers reprenaient vie avec l'espoir d'abandonner bientôt le plancher mouvant.

Odette se leva, toute brisée, riant, elle aussi toute seule, de voir qu'elle ne pouvait agrafer ses jupes ou lisser ses cheveux sans être projetée rudement contre la paroi de sa chambrette.

« Ouf ! se disait-elle, qu'il fera bon respirer l'air de France et se sentir enfin le cœur solide ! »

Sur les ponts ruisselants d'eau de mer, la manœuvre avait lieu péniblement ; les matelots faisaient la chaîne, accrochés à la rampe, contournant le bâtiment des cabines, afin de n'être pas enlevés par les lames.

Ils passaient comme des ombres funèbres, se tenant par la main et ensevelis sous leurs lourds cabans dans le brouillard de pluie et d'embrun qui noyait tout le bateau.

Peu à peu, Marseille se rapprocha ; on accosta à la « Santé », et la visite faite et la patente accordée pour entrer dans la rade, on attendit la venue du pilote.

Ce fut très long ; par cette mer agitée, l'entrée du port n'était pas facile et il fallait que, sans encombre, le *Duc de Bragance* prît place entre deux grands transatlantiques déjà à l'ancre.

Intéressée par la manœuvre, Mlle d'Héristel avait fini par monter sur le pont, tenant d'une main son canotier qui faisait mine de s'envoler de sa tête, et de l'autre, se tenant elle-même à la balustrade.

La voix de Robert, debout près d'elle, s'éleva soudain, grave :

– Voici la Vierge de la Garde qui semble nous souhaiter la bienvenue ; voyez à votre droite, Odette !

La jeune fille se retourna, très prompte :

– Oh ! alors, remercions-la de nous amener à bon port après une si vilaine traversée.

Roger Dombre

Et comme, son oraison finie, elle regardait, rieuse, Robert toujours recueilli :

– Votre prière est plus longue que la mienne, ajouta-t-elle. Que demandez-vous donc encore ?

– Ah ! voilà, je demande... Mais je vous le dirai plus tard, Odette, répondit-il ; vous êtes trop curieuse.

Elle rougit un peu.

Comme le *Duc de Bragance* avançait maintenant sans tanguer ni rouler dans les eaux tranquilles du port, en désignant le ponton du débarcadère noir de monde, Odette dit en un petit soupir à son cousin :

– Presque tous nos compagnons de voyage ont un parent ou un ami venu au-devant d'eux ; nous, personne ne nous attend !

Le jeune homme lui adressa un regard d'affectueux reproche :

– Tu serais plus seule encore, chérie, si je ne m'étais embarqué sur le Duc de Bragance à ta suite.

– Ça, c'est vrai, déclara-t-elle, et je t'en sais gré, va, Robert, plus que tu ne le crois. Et, au fait, je n'y pensais pas : les Ténave sont peut-être là, ces parents des Merkar qui doivent m'hospitaliser, puis me mettre dans le train de Paris comme un vulgaire colis.

– Oh ! c'est vrai, fit Samozane avec un peu de dépit, il va falloir que je t'abandonne à ces étrangers.

– Pas du tout ; tu vas venir avec moi, j'espère bien, d'autant plus que tu me seras très utile : songe que je ne les ai jamais vus et qu'ils vont m'intimider.

Soudain, elle s'exclama :

– Robert ! on dirait tante Bertrande. Vois... je crois me tromper, car elle ne peut être ici. Qu'y ferait-elle ?

– Mais si, c'est parfaitement elle, répliqua Robert. Ce qu'elle vient faire ? Eh ! mon Dieu ! ce que font tous ces gens : elle a envie d'embrasser la première ceux qu'elle aime.

On était arrivé, Odette passa devant son cousin, renversa un chien, bouscula un douanier et se jeta dans les bras de tante Bertrande en criant :

– Ah ! tante, que c'est bon à vous d'être venue ! Comment va tout le monde ?

Sous le flux des baisers, la vieille dame pouvait à peine répondre ; enfin, elle annonça que toute la smala se portait bien, même l'oncle Valère, et elle parut peu surprise de trouver là Robert.

– Nous savions que tu nous revenais, dit-elle paisiblement, et nous pensions bien, mon garçon, que tu prendrais le même bateau qu'Odette.

Celle-ci ouvrit de grands yeux étonnés :

– Mais alors, pauvre tante, pourquoi vous êtes-vous donné la peine et la fatigue de venir de Paris à Marseille, au-devant de moi, puisque vous me croyiez sous l'égide de votre neveu ?

Robert sourit simplement, mais la tante s'exclama, presque scandalisée :

– Eh ! ma fille, était-il convenable de te laisser voyager avec ton cousin comme unique chaperon ?

Odette allait répliquer, quand elle regarda Robert ; alors elle comprit que tante Bertrande parlait d'or et elle referma la bouche sans rien dire.

Les Ténave étaient là, comme l'avait prévu Mlle d'Héristel, et à sa véhémence autant que d'après le portrait qu'on leur avait fait d'elle, ils devinèrent Odette.

On lia connaissance de part et d'autre, on se fit mille politesses, et force fut au voyageur comme aux deux voyageuses d'accepter l'invitation de ces nouveaux amis.

Enfin, après une nuit qui parut délicieuse à la pupille de Robert, passée sur « la terre ferme d'un lit d'hôtel », le trio très joyeux monta en wagon pour se diriger vers... la rue Spontini.

Chapitre XXXI

– Positivement, elle a embelli s'exclamait Guimauve, le monocle à l'œil et examinant son ancienne « ennemie » retour d'Algérie.

– Qu'importe cela, si elle nous aime toujours autant ! murmurait Mme Samozane qu'Odette couvrait de caresses.

En pouvait-elle douter, alors ?

Roger Dombre

On avait accueilli avec autant de joie l'arrivante que le voyageur. Gui, qui n'avait pas changé, lui, ne pouvait s'empêcher de s'extasier sur la métamorphose de sa cousine.

– Pourvu que tu ne sois pas trop sérieuse, au moins, Nénette, continuait-il ; c'est que ce ne serait plus du tout amusant, sais-tu ?

– Je serai sérieuse, oui monsieur, répondait-elle, parce que je dois mener une vie laborieuse. Je vais me reposer quelques jours, puis, je me mettrai à gagner mon pain.

– Si on te le permet, Odette, dit tranquillement Robert qui la regardait, sans sourire.

Elle releva sa crête :

– Il faudra bien qu'on me laisse faire, s'écria-t-elle. Ce n'est pas pour des prunes que j'ai bûché... pardon, travaillé comme un nègre en ces huit mois.

– À propos, fillette, reprit M. Samozane qui avait des moments de distraction, tu as été demandée en mariage, là-bas ?

– Moi ? fit Odette, en rougissant jusqu'aux oreilles.

– Elle ? fit Robert dont le sourcil se fronça.

– Qui vous a dit ?... commença la jeune fille, troublée.

– Dame ! M. de Merkar, qui nous remplaçait auprès de toi, avait bien le droit de nous mettre au courant...

– Eh bien ! oui, répliqua Odette très vite et comme pour se débarrasser d'un interrogatoire déplaisant ; j'ai été demandée, en effet, par un monsieur très riche...

– Qui pourrait être ton père. Et ne le pouvant pas, poursuivit M. Samozane, il se contente d'être ton cousin.

– Vraiment ? fit encore Robert en tordant sa moustache fauve. Quel peut-il être ?

– Tu ne devines pas ? M. Garderenne...

– Ah ! celui qui... s'écria Guillaume.

– Oui, celui qui a dépouillé notre Nénette d'une fortune. Fortune qui, en définitive, lui revenait.

– Il a un fier toupet ! gronda le fils cadet des Samozane.

– Mon Dieu ! non, il a trouvé Odette à son goût et, pour lui, c'était

Chapitre XXXI

une manière fort agréable de lui rendre son bien en l'épousant.

– Et tu n'as pas voulu de lui ? Oh ! Nénette, que je t'aime pour cela ! dit le jeune fou en déposant un baiser retentissant sur la main de sa cousine.

Seul, Robert ne riait pas. Il pensait à sa pupille, à M. Garderenne, et il se disait, avec une émotion sans pareille, qu'il s'en était peut-être fallu de peu que la pauvrette épousât ce quinquagénaire.

Eh ! n'aurait-elle pas été excusable ? Elle était si seule, si abandonnée, là-bas ?

– Qu'as-tu, Robert ? Tu as l'air soucieux, demanda soudain Odette, remarquant son silence.

– Rien, répondit-il en passant la main sur son front comme pour en chasser une pénible impression.

Et, obligeant ses lèvres à sourire, il ajouta :

– Si, au lieu de quêter tout de suite tant de détails de cette pauvre Odette, vous nous laissiez aller nous reposer ? Songez que, la nuit dernière, nous n'avons pas fermé l'œil, étant en chemin de fer, et que, depuis quatre heures que nous sommes arrivés, nous devons répondre aux questions multiples que vous nous posez.

– Bah ! pour Nénette, il n'y a pas grand danger... elle ne sortira pas de son lit demain avant onze heures, fit observer Gui.

Mlle d'Héristel se rebiffa :

– Tu te trompes, Guimauve, dit-elle ; en Algérie, sache que j'ai été d'une sagesse exemplaire et que j'y ai pris des habitudes matinales qui vous étonneront.

– Soit ; mais demain tu feras exception à la règle, fillette, commanda Mme Samozane, car je ne te trouve pas très bonne mine et tu dois, en effet, avoir besoin de repos.

– Robert a raison, dit Odette, il faut se coucher, on meurt de sommeil... Je dois, dorénavant, avoir des égards pour ma santé qui me sera nécessaire, à l'avenir. Tantes, adieu. Mon oncle, bonsoir.

Elle tendit sa joue à tous et s'en fut coucher pour s'endormir bientôt d'un sommeil d'enfant.

Ses tantes vinrent la voir et la trouvèrent si gentille ainsi, que, ravies de la posséder de nouveau, elles ne purent résister à la tentation de glisser un baiser sur son front.

Les jours qui suivirent furent pleins de charme pour toute la famille.

À son tour, Robert raconta ce qu'Odette ignorait encore : ses expéditions dans les terres soudanaises, les travaux qu'il avait dû y faire, les dangers qu'il y avait courus, lui et ses compagnons...

Et Mlle d'Héristel l'admira du fond de son cœur et se trouva bien petite et bien misérable à côté de lui, elle qui croyait avoir fait beaucoup en secouant sa paresse et sa frivolité et en s'essayant à devenir studieuse, bonne et sérieuse.

Comme le voyageur avait un congé indéterminé pour se reposer de ses fatigues, les Samozane pensaient à louer, pour la saison s'été, une petite maison à la campagne où M. Samozane se remettrait aussi de sa secousse récente et où ils vivraient tous dans l'intimité la plus douce.

Or, il arriva, quelques jours avant qu'on se décidât à signer un bail de six mois, que Mlle d'Héristel reçut la lettre suivante qu'elle ne montra d'abord à personne :

« Ma chère enfant,

« Mon âge et mon titre de parent me donnent le droit de vous appeler ainsi, croyez-le.

« J'espère que vous ne garderez pas un trop mauvais souvenir de votre vieux cousin Garderenne qui vous aime aujourd'hui paternellement et veut vous le prouver.

« La somme que je vous ai enlevée, par un procès qui me semblait équitable tant que je ne vous connaissais pas, me pèse lourdement à présent.

« Cependant, je ne veux pas vous la restituer tout entière : vous seriez trop riche, cela pourrait vous rendre comme autrefois (c'est vous qui me l'avez dit), futile et vaniteuse, et votre main serait peut-être sollicitée parce qu'elle contiendrait beaucoup d'or.

« Si donc, vous me faites savoir un jour qu'un brave garçon veut vous épouser pauvre, j'applaudirai de tout mon cœur à cette union et, le lendemain des fiançailles, je verserai à votre nom la somme de quatre cent mille francs, à peu près la moitié de celle que vous a reprise ma rapacité.

« Jusque-là, que ce soit un secret entre nous.

« Si vous ne vous mariez pas, le jour de vos vingt-cinq ans, cette restitution vous sera faite, et je suis sûr que vous emploierez sagement cet argent.

« Mais permettez-moi d'espérer que j'assisterai plutôt et... plus tôt à votre mariage ; vous êtes faite pour donner beaucoup de bonheur autour de vous.

« Quant au reste de la somme, puisque je suis assez riche pour m'en passer sans vivre plus mal pour cela, je la placerai sur la tête de votre premier-né, si vous voulez bien me faire l'honneur de me prendre pour parrain.

« Et maintenant, chère enfant, je n'ai plus qu'à vous souhaiter d'être heureuse et de rencontrer celui qui vous rendra telle.

« Ne pensez plus à moi avec amertume, et surtout ne refusez pas la donation très légitime que je veux vous faire.

« Vous ne voulez pas peiner un vieillard qui a déjà trop connu les déboires de la vie, n'est-ce pas ? Si vous n'acceptiez pas cet argent, (le vôtre en définitive), il irait grossir le trésor des pauvres.

« Mais entre vos mains, chère enfant, il ne sera pas moins bien placé.

« Veuillez croire à mon absolu dévouement et à ma paternelle affection. »

O. GARDERENNE.

Le mince papier dans ses doigts, les yeux dans le vide, ne regardant rien, Mlle d'Héristel murmurait de temps à autre :

« C'est drôle, c'est bizarre ; mais c'est bien agir. Seulement, dois-je accepter ?...

– Je sais ! Je tiens mon affaire ! s'écria-t-elle soudain ; je vais tenter une épreuve, et que le ciel me pardonne si je joue une petite comédie qui doit m'éclairer sur ce que je veux savoir ! »

Comme un pas alerte se faisait entendre derrière la porte, elle enferma la lettre de M. Garderenne dans son corsage, prit une mine indifférente et pensa :

Roger Dombre

« Guimauve doit savoir moins que tout autre ce qui m'arrive. Taisons-nous. »

Et, à l'entrée de son cousin, elle parla de la pluie et du beau temps ; il la trouva parfaitement inepte contre son ordinaire, mais il ne le lui dit pas.

Chapitre XXXII

Très appliquée, ses petites dents de jeune chien mordant sa lèvre inférieure malgré un commencement de mal de tête, Odette cherchait ardemment, sous les yeux de son cousin Robert qui lui servait de professeur, la solution d'un problème difficile.

Toute la famille était à Croissy, en train de visiter la maison de campagne qu'on voulait louer pour l'été.

Mlle d'Héristel, qui s'était remise au travail avec une diligence étonnante, avait préféré rester à Paris, et Robert lui donnait une leçon de mathématiques.

Elle poussa soudain un énorme soupir ; son cousin la regarda avec inquiétude.

– Tu es pâlotte, Odette ; es-tu souffrante ?

– Un peu de malaise, cela passera.

– Veux-tu que nous suspendions ce travail ?

– Tout à l'heure. Explique-moi d'abord ce problème.

– Soit. Deux puisatiers creusent un puits cylindrique de trois mètres de diamètre et de quinze de profondeur...

– Oui, je sais ; il faut multiplier la hauteur par le diamètre et ensuite diviser... Ah ! tiens, non, je n'y suis plus du tout, ajouta-t-elle découragée, en posant son crayon sur la table.

Tout à fait anxieux, Robert se leva.

– Je t'assure, Odette, que tu dois te coucher ; tu as la mine de quelqu'un qui frise la syncope.

– En effet... je... tu as raison, répliqua la fine mouche qui avait son plan et que favorisaient les circonstances.

– Mon Dieu ! si tu allais avoir...

– Encore une léthargie, n'est-ce pas ? Au fait, c'est possible. Tiens, aide-moi à regagner ma chambre.

Il obéit si troublé, qu'elle sentait son cœur battre à grands coups sourds.

Et, en vérité, il avait raison de s'inquiéter, car, lorsque Odette fut étendue sur son lit, elle conserva un immobilité de morte et pas un souffle ne parut soulever sa poitrine.

On était au déclin du jour ; sans l'obscurité croissante, Robert eût pu remarquer que la jeune fille n'était pas d'une pâleur bien intense, que ses lèvres restaient rosées et que nulle sueur ne perlait à son front.

Mais il était trop agité pour s'occuper de ces détails.

Tout à son chagrin, il pensait :

– Le médecin nous avait promis que cet accident ne se renouvellerait pas... Alors, puisque, en dépit de ces pronostics, le mal reprenait, nous pourrions bien perdre Odette.

Aussi, au lieu de secourir la jeune fille, ou de tenter de la rappeler à la vie, il demeurait debout près du lit, lui parlant à mi-voix sans se douter que sa fine oreille recueillait ces manifestations de douleur et que son petit cœur en battait de joie.

« Je ne t'aurai donc retrouvée si gentille, si affectueuse, si intelligente, que pour te voir disparaître de nouveau de ma vie ? Si tu savais ce qui s'est passé en moi, lorsque je t'ai rencontrée à Alger, si jolie dans ta fraîche toilette, et que je t'ai entendue jouer du piano avec tant d'âme et de compréhension des maîtres !... Seulement, j'ignorais comment tu me recevrais ; nous avions gardé mutuellement un si long silence !

« Je crois que si je t'avais retrouvée vaniteuse et folle, toute tendresse serait morte en mon cœur et je serais parti de mon côté sans venir te serrer la main.

« Car, je t'étais resté fidèle, au fond, et ton image me suivait partout : dans les expéditions dangereuses, dans mes travaux, dans mes excursions.

« Et je revenais heureux, mignonne, parce que, en récompense de mon labeur, un poste brillant m'est promis et que j'espérais te demander, ma chère petite pupille, si tu m'y suivrais, non plus en image cette fois...

– Mais en chair et en os ! Ah ! Comment donc, si je le veux ! s'écria tout à coup la « morte » en se dressant sur son séant et en tendant les bras à Robert.

Celui-ci recula, plus épouvanté qu'à la première « résurrection » de Mlle d'Héristel.

– Je te fais donc peur ? dit-elle avec un sourire d'infinie tendresse. Pourtant, ne devines-tu pas que j'ai simulé cette léthargie pour surprendre ton secret, si tu en avais un ? Oh ! pardonne-moi mon sans-gêne, ajouta-t-elle, voyant un mouvement qu'il esquissait. Vois-tu, le malentendu qui nous a éloignés l'un de l'autre pendant deux années au moins venait de ce que, dans ma première crise de catalepsie, je ne t'avais entendu ni pleurer, ni exprimer de regrets.

– Ah ! ma pauvre nénette ! c'est que j'avais trop de chagrin. Je t'aimais tant, déjà ! s'écria Robert.

– Eh ! je le conçois maintenant ; mais avant, pouvais-je le deviner ? J'étais si jeune !

– Et aujourd'hui ? fit Samozane en souriant.

– Eh bien ! aujourd'hui, sans être encore une vieille femme, j'ai de l'expérience. Tu en as vu la preuve, tout à l'heure.

– En effet, autrefois, tu n'aurais pas eu la ruse de feindre une syncope.

– Plus qu'une syncope, presque la mort, Robert, fit gravement la jeune fille. Mais si le bon Dieu m'avait punie et reprise à ce moment pour de bon, je serais partie contente avec ce que je sais.

– Ainsi tu consentirais...

– À être ta femme ? Oh ! mais oui, Robert, avec joie ; il y a un an, je ne sais ce que je t'aurais répondu, je ne me sentais pas digne de toi. À présent, je peux hautement dire que je le suis.

D'une petite voix timide, elle ajouta :

« Sauf que je suis pauvre. »

Il tressaillit et dit avec une dureté inattendue :

– Ainsi, tu ne m'accuses plus de courir après les jeunes filles bien dotées ?

Rougissante, elle cacha sa jolie tête sur l'épaule de son tuteur :

– Tu ne comprends donc pas, Robert, que la colère seule me faisait parler : j'étais jalouse de Mlle Dapremont.

– À laquelle je portais la courtoisie et l'amabilité dont tu ne voulais pas, toi, Odette.

– Parce qu'on m'avait mis des idées en tête et que j'étais une sotte. Écoute, Robert, je veux bien t'épouser, mais à une condition.

– Laquelle ? fit-il, effrayé d'avance de la fantaisie extravagante qui pouvait traverser cette petite tête.

– C'est que tu ne me reparleras plus de cette... circonstance. C'est enterré, n'est-ce pas ?

– Je te le promets, répondit-il, soulagé.

Nénette sauta à travers la chambre.

– Et maintenant, veux-tu que nous allions finir notre problème ?

– Ah ! fit-il, si j'ai la tête au calcul !

– Cela ne fait rien. Viens toujours, nous causerons de choses sérieuses.

De nouveau, ils s'attablèrent à la salle d'études, et lorsque la famille Samozane revint, lasse et joyeuse, de Croissy, on leur demanda, sans arrière-pensée :

– Eh bien ! enfants, avez-vous bien travaillé ?

– Énormément, répondait Odette, pendant que son cousin rougissait comme un écolier pris en faute.

Guillaume regarda son frère en dessous.

– Aussi, ce pauvre Bob en a le sang à la tête, fit-il observer.

Mme Samozane examina son fils aîné :

– C'est vrai, Robert, cette petite te donne trop de peine avec sa passion d'étude. Repose-toi donc.

– Ma tante, reprit Odette, après avoir jeté un coup d'œil d'intelligence à son cousin, je vous répète que nous avons, en effet, beaucoup travaillé : même, nous nous sommes fiancés.

Un silence de stupeur accueillit ces paroles.

– Il est des plaisanteries, Odette... commença tante Bertrande avec sévérité.

– Qu'il ne faut pas faire, acheva Mlle d'Héristel sans se troubler ;

vous avez raison, tante, aussi suis-je très sérieuse.

M. Samozane se tourna vers sa pupille :

– Enfin, qu'y a-t-il de vrai dans tout ceci, ma fille, dis-le-nous sans ambages ?

– Tout, mon oncle, je ne ferai pas de fleurs de rhétorique pour vous le répéter : nous avons cherché la solution de plusieurs problèmes et nous nous sommes fiancés.

M. Samozane frappa légèrement le plancher du bout de sa canne.

– Avec cette petite folle, on ne peut rien croire, dit-il.

Robert parla à son tour :

– Odette ne rit pas, mon père, dit-il ; seulement elle va un peu vite en besogne et nous aurions dû vous communiquer, à vous d'abord et à maman...

– Ça ne fait rien, interrompit Guillaume, nous avons aussi voix au chapitre, nous les jeunes. Robert, moi, je t'approuve ; toi aussi, Nénette, vous êtes faits l'un pour l'autre.

– Allons, mes enfants, venez causer sérieusement de cela avec nous, conclut Mme Samozane, en faisant signe aux deux sœurs et à Guillaume de rester à la salle d'étude.

Le trio, abandonné à lui-même, fit ses réflexions : Blanche et Jeanne, très philosophes, trouvaient que rien n'était changé à leur manière de vivre. Depuis si longtemps on était accoutumé à voir Odette faire partie de la maison ! tout irait comme par le passé, sauf que Mlle d'Héristel deviendrait Mme Robert Samozane.

Guillaume, lui, portait envie à son frère.

– S'il existe, de par le monde, une seconde Odette d'Héristel, disait-il, je ferai bien d'aller à sa découverte, car c'est tout à fait mon affaire.

Ses sœurs firent observer qu'il n'était pas assez mûr pour se marier.

– Qu'importe ! répliqua-t-il, j'irai faire un tour « en Alger » ; on mûrit très vite, là-bas, témoin, notre cousinette qui, en huit mois, est devenue plus accomplie que Cornélie, mère des Gracques ou que Blanche de Castille, reine de France.

Chapitre XXXII

Chapitre XXXIII

– C'est une ravissante habitation, disait M. Samozane avec autant d'enthousiasme que sa nature calme pouvait en témoigner ; l'air y est d'une pureté de cristal, la vue telle, que l'on passerait ses soirées sur la terrasse à regarder le soleil se coucher et la lune se lever...

– Quand il y a de la lune ! ajouta Gui avec sérieux.

– Et une maison d'un confortable, reprit Jeanne, qui aimait son bien-être ; des cabinets de toilette à chaque chambre, une salle de bain...

– Mais voilà, c'est d'un prix inabordable pour nous, soupira Mme Samozane, et il n'en faut plus parler puisque nous devons nous contenter de la petite propriété du bas...

– Où nous serons serrés comme des anchois, acheva l'incorrigible Gui.

La voix claire d'Odette s'éleva :

– Pourquoi, tante, ne loueriez-vous pas, de juillet à octobre, c'est-à-dire dès que nous serions mariés, Robert et moi, la jolie villa dont vous parlez ?

– Tu es folle : on nous en demande trois mille cinq cents francs ; on l'aurait eue pour trois mille, mais puisque...

– Il faut, dès aujourd'hui, signer un engagement, répéta l'obstinée jeune fille.

Guillaume murmura dans sa moustache :

– Je crois que son mariage lui tourne la tête ; elle ne comprend plus rien, la chère cousinette.

– Eh bien ! moi, je vais écrire au propriétaire que c'est une affaire conclue, répliqua Odette en découpant son bifteck avec férocité, car on était au déjeuner.

– Avec quel argent paieras-tu ? demanda malicieusement Jeanne.

– Avec le mien, riposta Odette qui était toute rose et qui posa fourchette et couteau sur son assiette pour se tourner vers Robert. Pardonne-moi, poursuivit-elle, je t'ai caché quelque chose, Robert, mais, je vais me confesser aujourd'hui, en public, et j'espère que tu ne me gronderas pas.

Roger Dombre

– Savoir ! grommela le jeune homme qui ajouta, les yeux au ciel :
« Grand Dieu ! que va-t-elle m'apprendre ? »

– Lis, s'écria Mlle d'Héristel, en lui mettant sous les yeux la lettre,
que nous connaissons, de M. Garderenne.

Robert pâlit un peu en en prenant connaissance ; puis, faisant
passer le papier à ses parents, il demanda, la voix altérée :

– J'espère que vous avez refusé, Odette ?

Les jolis yeux de la jeune fille exprimèrent un effarement subit.

– J'ai réfléchi, puis j'ai répondu... mais la lettre n'est pas partie, elle
est là-haut sur ma table... cela te fâcherait donc, si je redevenais
riche ?

– Absolument ; je ne veux pas que tu doives un sou à ce... monsieur.

– Il me semble, fit tranquillement Mme Samozane après avoir
lu à son tour, que ce monsieur, comme tu dis peu aimablement,
Robert, agit très bien en rendant à Odette une fortune qui revenait
à la chère enfant, de par la volonté du légataire au moins.

– C'est tout à fait mon avis, dit Guillaume à qui l'on ne demandait
rien.

– Mais ce n'est pas le mien et je crois avoir le droit de décider la
question, s'écria Robert très animé. Je ne veux tenir Odette que
d'elle-même, je ne veux pas de cette dot...

– Qu'elle mérite pourtant bien, car cet argent aura été joliment
trimballé, insinua Guillaume.

– C'est possible ; mais je suis seul en cause, répliqua sèchement
son frère.

Puis, se tournant vers Odette :

– Chérie, tiens-tu donc tant que cela à cette fortune ?

L'enfant leva ses yeux purs sur son fiancé et répondit, soumise :

– J'y tenais pour vous tous, Robert, pour louer cette villa qui vous
a séduits et où mon oncle reprendrait des forces. J'y tenais aussi
pour Jeanne qui aurait la dot réglementaire et pourrait se marier
selon son cœur... Mais, je ferai ce qu'il te plaira, Robert, je ne veux
pas te contrarier.

Jeanne était devenue toute rose, elle aussi.

– Mon Dieu ! dit-elle en joignant les mains, si tu faisais cela,

Nénette !

La famille entière était ébranlée ; seul, Robert tenait toujours bon.

– Cependant, hasarda tante Bertrande, il ne faut pas exagérer certains sentiments : Robert, mon enfant, tu sais très bien que l'intention du légataire était de laisser sa fortune au père de Nénette.

Un vice de forme dans le legs a permis à M. Garderenne d'intenter et même de gagner un procès plus ou moins justement. Il reconnaît sa faute et veut restituer...

– C'est possible, mais il choisit mal son moment pour cela, gronda Robert.

– Si j'avais su, je n'aurais rien dit encore, murmura Odette très marrie.

– Qu'as-tu dit à ce monsieur ? demanda l'irritable fiancé.

– Je peux te montrer ma lettre, puisqu'elle n'est pas partie, répondit Mlle d'Héristel.

On sonna Euphranie et on la pria d'aller chercher, dans la chambre de sa jeune maîtresse, une missive demeurée sur la table.

– La... le... l'enveloppe ? fit la brave femme effarée ; ah ! y a beau temps que je l'ai jetée à la poste.

– Comment ! tu t'es permis... commença Odette.

– C'est après avoir fait votre chambre, mademoiselle ; j'allais au marché, j'ai vu la lettre et j'ai pensé comme ça que vous l'aviez oubliée, rapport à ce que vous avez la tête un peu perdue, sauf respect, depuis que vous vous épousez avec m'sieu Robert.

– Mais, malheureuse, elle n'était pas cachetée !

– Oh ! j'y ai bien vu et j'ai léché l'enveloppe gommée avant de la jeter à la boîte... Mademoiselle ne doute pas de ma discrétion : je ne sais pas lire l'écriture écrite.

– Dieu a donc décidé lui-même, soupira tante Bertrande, point fâchée au fond de ce qui arrivait.

– Nanie, souffrez que je vous embrasse pour vous féliciter de votre bonne inspiration, s'écria Gui.

Et, sans façon, il effleura de sa moustache les joues ridées mais encore fraîches de la vieille femme ravie.

On la congédia et le cadet des frères Samozane, prenant une

Roger Dombre

attitude théâtrale, la main sur la poitrine, parla en ces termes :

– Mes chers parents, mon frère, ma sœur, puisque tu deviens ma sœur de fait, par le mariage, ma chère Nénette. Voyez le doigt de Dieu en ce qui nous arrive. Une servante fidèle, instrument de la Providence, a tranché la question sans le savoir. D'ici peu, M. Garderenne va recevoir l'acceptation de Nénette, et nos aimables fiancés vont voir l'aisance, sinon la richesse couler sous leur toit.

– Sans compter que notre premier enfant est déjà doté, dit ingénument Odette. Tu as bien lu la lettre de M. Garderenne, répliqua-t-elle ; il dit qu'il sera parrain de notre premier-né et lui donnera environ trois cent mille francs.

– C'est juste.

– Et maintenant, conclut Mlle d'Héristel, assez causé de ce qui est irréparablement fait. Je propose que nous allions visiter la fameuse villa où nous devons passer en famille un été délicieux.

La promenade fut arrangée ; seul, Gui, qui avait à écrire, demeura à la maison, ce qui lui procura l'inestimable faveur de recevoir Mlle Dapremont.

Elle avait eu vent du retour de Robert et accourait, assez désappointée de ne trouver au logis que son frère.

Guillaume entra au salon, plus ennuyé que ravi.

– Vous ne semblez pas enthousiasmé de ma visite, lui dit un peu âprement la demoiselle en quête de mari.

– Moi ! comment donc ? se récria-t-il. C'est le bonheur qui me coupe la parole.

– Ainsi, votre frère est revenu. Ses dangereux voyages ne l'ont pas trop...

– Décati, acheva Gui, voyant qu'elle cherchait son mot. Pas le moins du monde ; il reparaît frais comme une rose et Odette aussi.

– Ah ! Odette aussi ? Ils sont revenus... ensemble ?

– Comme vous le dites ; sous l'égide de tante Bertrande et bras dessus, bras dessous, ainsi que deux tourtereaux – fiancés qu'ils sont.

– Comment ! Ils sont... elle est... ils... essaya de proférer Mlle Dapremont qui était verte et qui voyait le salon tourner devant ses yeux.

– Fiancés ? Mais certainement, et dès la plus haute antiquité. Ne vous en doutiez-vous pas un brin ?

– Nullement, car ils cachaient trop bien leur jeu, répliqua aigrement Antoinette, recouvrant la voix pour exhaler son courroux.

Et puis, je ne pouvais supposer que Rob... que votre frère, si grave, si instruit, si sérieux, s'éprendrait d'une petite fille si folle.

– C'est que voilà, chère mademoiselle, ces petites filles, comme vous le dites, dissimulent parfois sous des airs évaporés les qualités les plus exquises. Un moment venu, les airs évaporés fichent le camp... pardon, je voulais dire, s'envolent pour de bon...

– Et les qualités exquises restent, fit avec ironie Mlle Dapremont.

– C'est l'absolue vérité. D'ailleurs, notre chère Nénette a fait la conquête de toute l'Algérie en quelques mois.

– Comme Charles X.

– Tout à fait, et sans le chercher, elle du moins. Si elle l'avait voulu, elle aurait épousé trois cheiks, cinq Anglais milliardaires et vingt-quatre Français des meilleures familles.

– M. Robert a d'autant plus de chance de se voir préféré, qu'il est peu fortuné lui-même et que sa fiancée n'a plus de dot.

Guillaume parut tomber des nues.

– Qui vous a dit cela ? Ah ! oui, je sais, le bruit a couru qu'elle allait être dépouillée de sa fortune ; mais il n'en est rien, et celui qui voulait lui intenter un procès, a compris qu'il serait injuste d'agir ainsi.

– Ah !... alors tout est bien, mes compliments, en ce cas ! conclut Mlle Dapremont qui se leva, de plus en plus verte et de plus en plus consternée.

– Je ne manquerai pas de les transmettre aux deux fiancés quand ils rentreront, répliqua l'impitoyable Gui en reconduisant la visiteuse.

Soudain, Mlle Dapremont se retourna brusquement :

– Mais... pardon ! Vos parents, si chatouilleux sur la question... religion, comment tolèrent-ils cette union entre cousins ?

Gui se mit à rire :

Roger Dombre

– Chère mademoiselle, notre saint Père le Pape lui-même vous dirait que la mariage entre des cousins aussi éloignés que nous le sommes avec Odette – pas du tout germains, comme vous semblez le croire – est *archi autorisé*. Vous entendez bien ? archi autorisé. Par respect pour ses tuteurs, Odette donne à papa et à maman les noms d'oncle et de tante, quand ils ne sont que des cousins âgés.

– Allons ! je suis battues à plate-couture, soupira l'envieuse fille.

Et elle alla conter sa peine à son amie la plus intime, Miss Hangora, qui la consola en ces termes :

– Soyez certaine, my dear, que cette petite étourdie n'est pas du tout la femme qu'il faut à M. Samozane.

– Je ne le sais que trop, gémit l'autre ; il sera très malheureux avec elle.

Cette prédiction ne se réalisera pas, car nous devons avouer au lecteur, que Robert et Odette ont déjà quatre enfants à l'heure qu'il est et ils s'aiment autant qu'au premier jour. Ils ont d'ailleurs bien mérité leur bonheur car, très respectueux des lois de l'Église qui maternellement tolère, mais n'autorise pas les unions entre cousins, Odette, Robert et les parents de celui-ci hésitèrent longtemps à enfreindre ces lois ; ce n'est qu'après avoir rempli toutes les formalités nécessaires en pareille circonstance et reçu toutes les dispenses voulues, que le mariage fut célébré avec grande pompe ; aucune ombre ne vint donc attrister la joie de ce jour ; et sans aucun obstacle, les bénédictions du Ciel purent se répandre avec abondance sur les jeunes époux.

Chapitre XXXIII

ISBN : 978-3-98881-810-2

Milton Keynes UK
Ingram Content Group UK Ltd.
UKHW042312160224
437951UK00004B/424

9 783988 818102